青き習作時代

網代 栄
Amishiro Sakae

文芸社

はじめに

「次は何を書こう」と書棚を漁っていたら、古いビニールファイルが出てきた。その中に新聞や雑誌に掲載された投稿記事が入っていて、もうセピア色に変色している。「お前、ここにいたのか」の感じがして、じっくり読んでしまった。

幾十年前、ライターを目指してマスコミ関係の専門学校に通っていた時期がある。その時に腕試しで投稿したら、運よく即二紙に掲載され、「こんなものでいいのか」と天狗になってしまい、それ以来ずっと習作を続けている。

世の中、甘くないのである。

いくつかの国語辞典を引くと、習作とは「絵画・彫刻・音楽・文学などで練習のために作った作品。エチュード」などと出ていた。自分の場合は、ずっと練習を続けているから、習作などとはおこがましいのかもしれない。

投稿時代の感性はもう望むべくもないが、物の見方や切り口は、あまりというより全く変わっていない気もする。

幸運にも出会えたジャーナリストの師達、川上哲治の野球、まだ語り尽くせぬ昭和歌謡の続編などを、二〇一四年の等身大の自分で習作してみた。投稿時代の習作と比べて、いくらかレベルは上がったようには思うが、文体は驚くほど変わっていないから、やはり未だ習作であろう。やはり、これからも習作を続けていくしかないようである。

青き習作時代　――◇目次

僕の昭和歌謡史 2

習作時代

1 投稿時代

まず、次の投稿二作をお読みください。

＊　＊　＊

MVP　迷わず高田を推薦

（学生・網代 栄　24）

V1は間近い、この快進撃の最大の功労者は？　MVPはダレか。私は迷わず高田を挙げる。昨年の不名誉な最下位。数々のワースト記録…一年、いや半年間の短期間でチームをこれまでに引きあげた原動力はたくさんある。大砲・王の復活、弱体投手陣の柱となった小林、リリーフと先発で期待にこたえた加藤、よみがえった張本のスプレー打法、ワキ役の活躍も大きい。しかし、王は十分に期待できたものだし、張本や加藤にしても、実力がありながら真の働き場所が与えられていなかったのだ。そこに目をつけ、トレードで貴重な戦力としたフロントと現場の功績をたたえるべきだろう。

だが、特筆ものは高田だ。ヘイぎわの魔術師なる当代一の名左翼手が三十歳を過ぎて三塁へコンバートされ、成功した。巨人のホットコーナーはいまだに背番号3の栄光がベースにただよっているが、高田の矢のような一塁送球は新しい三塁手の代名詞となった。ジョンソンも得意の二塁に回り、華麗なフィールディングをみせる。内野はぐっと締まったのである。

そして、満塁時におけるタイムリーが示す勝負強さを加えたバッティングの開花。彼が二番に定着している時の巨人は実に強い。高田は巨人生え抜きの選手なのだ。最下位から一躍、優勝という快挙の功労者は、やはり生え抜き高田を選んでこそ今年の巨人のチャレンジ野球が語れるのだと、私は確信している。

（一九七六年九月九日　報知新聞）

スウィンガーの開花を望む

（浦和市・網代栄）

パンチャーかスウィンガーか。単にスウィングが美しいだけでも、力まかせにボールをひっぱたくだけでも、最近の過酷なトーナメントに勝つことは出来まい。各々の体型、身体の柔軟性などによりスウィングは自と決まる。我々がカッコイイから、アップライトなひざを十分に使うアメリカン打法を身につけようと思っても、うまくいかないのは当然だ。だが、今まで日本のプロ達はあまりに我流の小手先ゴルフをやり過ぎてきたのではないだろうか。かつてグラハム・マーシュが尾崎のスウィングを称して「彼のはスウィングではなくヒットだ」と語ったことがある。

確かにニクラウスが警告したように、井の中の蛙となり世界の時流から遅れたスモールで戦っていてはならないだろう。しかし1日も早く日本のトップ・プロたちが、一門の狭いゴルフ理論から抜け出ることの方が急務ではないだろうか。そのような意味からも関西若手陣〝九州の鷹〟鈴木規夫〝不敵なルーキー〟中島常幸〝ビッグアーク〟横島由一らに期待したい。彼らのボディスウィングこそ、これからの日本ゴルフ界を世界に押しやる原動力だと思う。

（一九七七年一月六日号　週刊アサヒゴルフ）

＊　＊　＊

二つとも私が二四、二五歳の時、その時は四谷三丁目にあった「日本ジャーナリスト専門学校」の学生であったのだが、その時代に投稿したものである。なお内容、文章については一部、例えば「スモールで戦って……」など、今考えても不明な点もあるが、掲載時のままとした。

今ではもうすっかりセピア色に変色した二つの切り抜きを見て、自分の文章が初めて世に出て人の目に触れた喜びを思い起こすことができる。

「日本ジャーナリスト専門学校」に通い出したのは、それまでの勤めを辞めて、スポーツ新聞の記者かライターになろうと思ったからだ。その時点での力試しの意味で投稿した。『週刊アサヒゴルフ』は、採用掲載料として二〇〇〇〇円の小切手を送ってくれたので、これが初の原稿料となったので忘れ難い。報知新聞と違って、こちらは原稿の手直しが全くなかったのも嬉しかった。

それにしても、「――スモールで戦っていてはならないだろう」とは、何を言いたかったのか。今年（二〇一四年）のプロ野球でもめた例の統一球問題ではないが、昭和五二年（一九七七）当時、日本のプロゴルフツアーでは世界より一回り小さいスモールボールを使っていたのだろうか。この件について図書館やインターネットで調べてみて、日本のゴルフ界の現状について興味深いことがわかった。

たとえばプロ野球なら、「年鑑」のようなものがあり、自分の調べたい年の球界の流れや記録、話題が詳細に調べられる。プロゴルフ界のこととなると、レッスン書や世界のゴルフコース探訪などの本はたくさん出ているが、詳細な記録やその年毎のゴルフ界の動向を記録したような書物が手軽に探し出せないのだ。

ネットで「〇×年の出来事」のようなサイトのスポーツ欄を見ても、プロ野球の優勝チームや大相撲の優勝力士は載っているが、まずゴルフ界のことは出てこない。一見、プロスポーツとして定着したように見えるゴルフだが、意外に大衆スポーツとしてまだまだ定着していない情況を知って驚いた。

もう一つセピア色に変色した切り抜きの文章を読み返し、驚いたことがある。

「なんだ、自分の文章はちっとも進歩していないではないか」

正直、ショックを受けたのだ。もうこの当時から評論家気取りで書いている。初の著書『五輪私語り』は、この二つの投稿を少しも越えていない気がしてならない。

しかし、これでなぜ、私が物を書くのかがわかった気もする。ぜひ多くの人に知ってほしい、との思いが、私にとって書くことのすべてのようだ。今やその思いは、ツイッターやブログでたやすく達成できるのだろうが、それはあくまでプライベートのもので、まだ一冊の本の力には及ばないと思う。

そして、私の文章スタイルは、やはり、「ジャナ専（日本ジャーナリスト専門学校）」が作ってくれた。では一体、そこはどんな学校だったのか。

2 日本ジャーナリスト専門学校

残念ながらジャナ専は、二〇一〇年三月に閉校となった。前身は、みき書房の事業部として一九七三年に発足した「ルポライター養成講座」である。一九七四年に開校とされているが、実は一年前に日本初のフリーライター養成を始めていたのだ。正式な専門学校となってからは、明確に作家、ライター、編集者、カメラマンの養成を目指すユニークなマスコミ専門学校となる。

私が入学したのは、一九七六年（昭和五一）の五月だから、もう専門学校になっていたと思う。学校と言っても出席はとらず、自由な校風だったが、各講師から出される課題レポートは、けっこう厳しかった。私は習わなかったが、最近の閉校までの講師陣の顔ぶれが凄い。重松清（直木賞作家）、藤沢周（芥川賞作家）、高橋源一郎（三島由紀夫賞作家）や新右翼団体の顧問・鈴木邦男なんて人の名前もある。私が通ったのは半年ほどで、その年の秋が深まった頃には通信社の運動部でアルバイトを始めたため、通えなくなってしまった。たった半年だったが、私の文章を指導してくださった講師陣も、今考えると凄い人達ばかりだったとつくづく思う。

ところで、この頃は学校が地下鉄丸ノ内線の四谷三丁目駅近くにあった。学校からの帰りは、新宿まで歩いて出るのが常で、私の本を出版してもらっている文芸社はまだなかったが、その周辺を歩いていたことになる。縁とは不思議なものなり。

私が習った凄い講師陣を、思い出せる限り記してみる。青地晨、鈴木均、松浦総三、内藤国雄、須藤甚一郎、山下諭一、丸山邦男……。この他、元名編集者やノンフィクションライターからの講義を受けたと思うが、名前が出てこない。

いや、今こうして書いていて一人出てきた。猪野健治氏だ。猪野氏は以前勤めていた地方新聞だったと思うが、致命的なミスを犯してしまい、筆を折ろうとしたエピソードを語ってくれ、強い印象が残っている。それは事件の種類は忘れてしまったが、事件の被害者と加害者の顔写真をとり違えて掲載してしまったというもの。当然、被害者の遺族は激怒し、猪野氏は泣いて土下座するばかりであったという。氏はその他にも、ジャーナリストとしての取材の心得を、豊富な実体験を交えて教えてくれた。もうこの時、氏はフリーランサーとなって精力的に、ヤクザと日本人の深層心理をテーマにした骨太のノンフィクションなどを次々と発表していた。

そんな氏でさえ、著書ができれば寄贈し、時を見て贈り主に電話をかけ、呑みながら話を聞くなどしているというのだ。取材した人々とも同じようなコンタクトをし、独自の情報源の開拓をしていたそうだ。そして、そんな話をされる氏の姿に、どこにも偉そうな素振りはなく、少しでも自分の話が「あなた達の役に立てば」という思いに満ちあふれていた。これは他の講師陣にも共通していて、学生の身としては有難く、ジャナ専通いは本当に楽しかった。

「今日は、どんな話が聞けるだろう」

3 青地晨先生

そして、何といっても一番影響を受けたのが、青地晨氏である。青地晨といえば、「横浜事件」。太平洋戦争下の特高警察による、日本の言論史上、最大の弾圧事件であり、未だにその背景は明らかにされておらず、二〇〇三年には、横浜地方裁判所は事件の再審開始を認める決定を出した。そして、二〇一〇年には実質「無罪」を勝ち取った被告もいる。

青地先生（あえて先生と書かせて頂く）が亡くなられて、もう三〇年ほど経つとは思わなかった。私が教えて頂いた時にすでに七〇歳半ばを迎えようとしていたことになるが、とてもそれほどのお年には見えなかった。万年青年のような雰囲気を漂わせ、オシャレでもあり、ユーモアを交えた語り口は聞いていて飽きることがなかった。

初夏のある講義で、白い半袖の木綿地のシャレた開襟ジャケットをまとった先生から、いつもの如く突拍子もない一言が飛び出してきた。

「すまんが、誰かタバコ一本恵んでくれんか。ちょっと切らしてしまった」

今の喫煙＝悪の時代からは想像もできないと思うが、当時は教室で堂々とタバコが吸えたのである。私は一〇年後くらいに教師になったが、職員会議の最中、あちこちから紫煙が立ち昇っていた。

前の方にいた男子学生からもらったセブンスターをうまそうにくゆらせながら、横浜事件のことをポツリポツリと語り出したが、その話の重みに聞く身としていつになく緊張を覚え始めた。実はこの時まで、横浜事件のことなど何も知らず、その夜、家に帰ってすぐ百科事典で調べた。その調べた本は「日本の歴史」シリーズ、確か中央公論社刊行で、先生がかつて中央公論社の名編集者であったことを知り、奇妙な偶然に驚いた。

「私の身体には、特高の警察官から受けた拷問の傷跡が未だに残っている……」と話された時のショックを、私は未だに忘れることができない。警察が無実の容疑者に加える拷問など、映画やテレビドラマ、小説の中での出来事で、いくら戦時とはいえ日本で行われるはずはない、と思っていたからだ。それが目の前にいる第一級のジャーナリストの身の上に起こり、生死の境を越えて、今まさに生き残り、体験を語っている姿を見て、不思議な感覚にとらわれた。

治安維持法違反で摘発された約六〇名のうち半数が起訴され有罪となり、拷問のため四名が亡くなった。一方、拷問を加えた特高警察官は告訴されても有罪になった者は三名のみで、投獄もされなかった。そして、事件は風化し忘れ去られようとしている。これは、やはり青地先生に「日本版魔女裁判」の体験を語って頂くべきである。先生の「横浜事件」を参照し、報道の自由・言論の自由を擁護する術としたい。

——・——・——

昭和十九年の一月二十九日の朝、私は神奈川県の特別高等警察（特高）に逮捕された。まったく身におぼえのないことだったので、私は特高に令状の提出を求めた。

（中略）

いまでも私は横浜事件の夢をみる。家へ踏みこまれたり、特高に追いかけまわされている夢である。目がさめて、ああ、夢でよかったと思う。横浜事件の傷は、いろんな形で、いまも私の心に深い痕跡をのこしているのである。

身におぼえがないとはじめに書いたが、一方では「とうとう来たな」という感じがなかったわけではない。というのは前年の昭和十八年の五月から中央公論社や改造社の編集者たちが、つぎつぎと神奈川県特高に検挙されていたからである。

（中略）

しかし、一月二十九日の朝、「とうとう来たな」と思ったのは、まきぞえで検挙されるかもしれないという危惧が、心の片隅にあったからであろう。だが、ひどく楽天的な性分なので、たとえ検挙されても地下運動と関係がないことは、いずれ特高にもわかるに相違ない、と私は楽観していた。いまから思えば、まことに甘い考え方であった。

（中略）

こうした私のオプティミズムは、磯子署の豚箱に放りこまれて一時間もたたぬまにやぶられた。二階の道場へひっぱりだされ、いきなり「きさまは共産党員だな、白状しろ」といわれ、私がまっこうから否定すると、カシの木の六尺棒でさんざんになぐられた。力いっぱいなぐったとみえ、六尺棒はまん中から折れてけしとび、肩から腕にかけて肉がやぶれ血が流れた。それから柔道五段と称する警官に、めちゃめちゃに私は投げとばされた。

動けなくなってのびていると、Tという警部補が私の顔を足で踏みつけた。「シャバでは相当の地位にいたそうだが、警察では虫ケラ同然だぞ。おまえたち国賊はなぐり殺してもよいと上司から許可がおりている。徹底的にヤキを入れるから覚悟しろ」と、さも憎々し気にいった。これが拷問のはじまりだったのである。

授業中の話では、ここまで赤裸々に拷問の実態は触れられなかった。それよりも、身に覚えのない罪でも国家権力、警察機構が一度本気になれば、一小市民も極悪人にされてしまう怖さを、私達に力説された。だからこそ、「君達は言論でしっかり国家権力を監視してほしい」と、私達に課題を与えられた。しかし、ここで終わらないのが青地晨なのである。

「だがな、君達、ワシのように冤罪事件や人権問題などに関わっていると金にならんぞ。この前もな、タクシーの中に財布を置き忘れたら、その後に乗った客がたまたま作家の筒井康隆さんでな、親切にも私の所までわざわざ届けてくれたんよ。そしたら筒井さんがニッコリ笑って言いおった。『中身が二〇〇〇円とは先生らしいですね』。エヘヘヘー。まあ、そんなわけで君らはマスコミへ行け。週刊誌とかテレビやラジオに行った方が金になるぞ。アハハハ〜」

これを佐賀県生まれの独特な佐賀弁でやられたら、私達がコロッと先生の虜になってしまったのもご理解頂けるであろう。そして、先生は我々の拙い課題レポートに、どんなに忙しい時でも、必ず赤で一人一人にコメントを書いて下さってから返却された。これはなかなかできることではない。講師の中には「必ずコメントをつけてお返ししします」などと言いながらも、その約束を反故にする人もいた。むしろそっちの方が多かった。しかし、我々名もなきマスコミを目指す若者にとって、名のある講師達の寸評がどれだけ励みになったことか。

ある時の課題で、誰かの人物伝を書くというのがあり、私は自分の父親を選び、二〇〇〇字詰で一七枚ほど書いて提出した。今読むと伝記にも何にもなっておらず、ただ父親に対する反発を感情に任せて作文したものに過ぎないが、こんなものにまで先生はコメントを書いてくれた証に一部を紹介したい。

＊　＊　＊

今年の一月二十七日、午前一時二分に僕の親父は死んだ。病名は心不全。一年八ヵ月のガンとの闘いの果てが心不全とは、いささか意外だった。なにか予期せぬ伏兵にやられた感じがした。

冬場になると新聞の黒枠欄がにぎわう。親父も『毎日新聞』と『社会福祉新聞』に、黒くかこわれた。僕はその時、僕の親父ではないもう一人の親父がいたことを知ったのだ。親父は、社会福祉法人・黎明会の理事長であった。黒く囲われたのは、その理事長としての網代栄八であったわけだ。

親父の死後、僕は理事長としてのもう一人の親父を知らなさすぎた自分を恥じている。なによりも僕は父親としての親父を嫌っていたし、もう一人の親父を認めようとしなかった。父親落第という評価が頭にしみついていたのである。それに親父の仕事が、具体的なことになるとまるでわからなかったことも、もう一人の親父を知り得なかった一因であると思う。社会福祉事業家とは何をする人かという質問に、ずいぶん悩まされたものだ。親父は緊急病院、知的障がい者施設、老人保護施設、保育園などを運営していた。

しかし、およそ日常の生活ぶりからは、そんな事業をやっているようには見えなかった。偉大なる俗物と呼ぶにふさわしい暮らしっぷりだったのである。沖縄に無料診療の団長として行ったこともあるが、帰ってからの言い種がふるっていた。

「お父さんは現地では神様扱いなんだぞ、お前たちも、もう少しお父さんを尊敬しろ」

（中略）

網代栄八は、社会福祉事業に半生をかけた。だからこそ多くの人々を愛し、また愛されてきた。僕達の中で、今、何人が生涯をかける道を見出しているであろうか。幸福な家庭生活を送っている人々、将来のマイホームに夢をはせているサラリーマン。親父は良き家庭人でも夫でも父でもなかったかもしれない。少なくとも、僕にとっては心を許せる父ではなかったことは確かだ。

しかし、良き男そして偉大なる野性児であった。新築祝いの時、大工さんと共に酔いしれ、大声で歌い、若い大工さんの一人を気に入り、酔いにまかせて「俺の所に来て働け」と言い、それを実行した男だ。店員さんとかタクシーの運転手さん、酒屋の御用聞きなどには、馬鹿ていねいな口をきいた男だ。

おふくろの田舎の漁村では、押し売りのお兄さんを、柔道の逆手でねじ伏せたこともあったという。親父さんをめぐるエピソードは数多いが、一つとして生臭いものはなかった。

そんな男だからこそ、社会福祉に生きることができたのではないだろうか。親父さんのことを親父としてではなく、一人の男としてじっくり見つめ直していきたいと思う。明治生まれの満州馬賊帰りの男について、僕は呆れるほど何も知らない。その男の一生を辿ってみる必要性を感じる。

たっぷりと時間をかけて調べてみたい。母と娘の関係はある時期を過ぎると、女対女の争いになるという。父と息子の関係は、息子があくまで父親を男として見つめることが多い。今、僕は彼を男として見つめようとしている。

（『男としての網代栄八』ルポＡクラスNo.５　網代栄）

【青地晨先生の寸評】

「父親の死を境として、父親を見る目が変化したことが、生き生きと描かれていて面白かった。父を父だけではなく、一個の社会人として見ることができるようになったのは、君の人間的成長だと思う。父の伝記を書いてみたまえ。ウソっぱちではなく、本当の伝記を。↓このレポートがウソっぱちだと言ってるのではない。この書き方で、もっと長くということです」

＊　＊　＊

今読んでも↓以降の部分に、先生の深い愛情を感じとることができる。

4 人間か、動物の観察文

もう一人、忘れられない講師がいる。丸山邦男氏である。戦後を代表する政治学者の一人に数えられる丸山眞男氏の弟で、邦男氏も評論家として、天皇制批判やマスコミ論などの優れた著作を残され、七三歳で他界された。

私がジャナ専で教えを受けていた時は、五十代半ばで評論活動の真っ只中におられた。青地先生と同じく、重厚な著作物の作者を連想される偉ぶったところは少しもなかった。語り口も穏やかで、およそ何かを声高に主張されるということはなかった。

その丸山先生から次のような課題が出された。六月いっぱいの締切だった（私は五月半ばの入学）。

「人間か、動物の観察文　二〇〇字×一五枚」

そして、私は人間を選び、次のタイトルで書き、提出した。

デリケートでプライド高き男　モハメド・アリ

（ルポAクラス　網代栄）

猪木がどんな戦い方をするか興味があった。完全なボクシングルールで、果たしてアリを倒せるのか。第1ラウンドのゴングが鳴った。アリはいつものようにオーソドックスな構えで、リング中央に飛び出してきた。

そこへ猪木が「ダーッ」とかけ声をかけながら、アリの左足をめがけて、右からのローキックで飛び込んだ。だが、アリのフットワークは、やはり蝶のように軽やかに舞った。

それから猪木は、回し蹴りが空振りに終わると、そのままの体勢でリングに寝た。寝ながら腰を中心にアリの動きに合わせながら回転し、すきをみては左足の内側にローキックを浴びせる作戦に出た。こんな戦いが、最後の15ラウンドまで続くとは、誰が予想しただろう。

翌日の新聞は一斉に、この「ショー」を叩いたわけだが、やはりこの試合になららなかった試合は、真剣勝負だったのだ。もし本当に茶番だったのなら、どちらかが完全にノックアウトされていただろう。

アリは猪木の足を取りにいって、逆にかにばさみで猪木に最初に倒された時、一発だが顔面に肘打ちを食らった。その時のアリの表情は、恐怖に満ちたものだった。うっかりすると、アリのお得意の演出でぼくたちは、彼が自信に満ちた大胆なショーマンであると思ってしまう。

彼は本当は神経の細かいデリケートな男なんだ。そして、ものすごくプライドの高い男でもある。負けるわけにはいかない宿命を負っているのだ。アリは夜になると詩を書いているという。その詩の中からアリ語録が生まれるんだろう。

ジョークを飛ばしながら逃げ回るアリは得意気だった。でもラウンドが進むにつれて、そのブラックジョークもめっきり減っていった。足も紫色に腫れあがって痛々しそう。モハメッド・アリは、最後まで演出どおりにデリケートにプライド高く戦ったのだった。

これを意外にも丸山先生は評価してくれたのだ。しかも、こちらが赤面するほどほめてくださったのである。今でも、どうしてあれほどのほめ言葉を頂けたのかわからない。それはこんな風だった。

＊　＊　＊

「網代君のこのレポート、大変面白く読みました。これはもう単なるスポーツ観戦記ではなく、立派な文学ですよ。しかし、今、スポーツ新聞が何社あるか知りませんが、そこのキャップに網代君のこのレポートを読ませても、何人わかりますかね、この文章の良さを。まぁ、あまりおらんでしょう。一つ、網代君、ここで生徒さん達に読んで聞かせてください。……えっ、恥ずかしい。まぁ、そう言わずに読んでみてください……」

これには本当に困った。まさかプロレス物の作文程度の文章を音読させられるとは思いもしなかった。それこそ真っ赤になって、冷や汗をかきながら、何とか読んだものだ。

「いや、ありがとうございました。こうして聞いてみて、また、網代君のユニークな感性と瑞々しい表現に感心させられました」

ここまでほめられたら悪い気になる者はいないだろう。

この日の帰りは満ち足りた気分で、四谷三丁目から新宿まで飛ぶように歩いて出て、思い出横丁（当時はションベン横丁と言っていた）の「つるかめ食堂」で、なけなしの小遣いで名物の「ソイ丼」でビールを飲んだ。

この「つるかめ食堂」は、最近テレビのノンフィクション番組で取り上げられ、けっこう有名になってしまった。数年前に思い出横丁一帯の火事で店舗は焼けてしまったが、今は小ぎれいな店に生まれ変わった。

ソイ丼の「ソイ」とは、英語のsoybeans、つまり大豆のこと。大豆と挽肉を甘辛のカレー風味で炒め、その上にハムがのっかっている丼物だ。B級グルメの文庫本の紹介によると、亡くなった初代の店主が一時、体を壊した時、自分で考案したこの丼で医薬に頼らず病気を治したとあった。そのことを確認しようと、それが載っていた文庫本をさんざん探し回ったが、とうとう見つけられなかった。

…………………………………………

それでこのつるかめ食堂、三年前ほどから拙著の打ち合わせで文芸社をよく訪れるようになり、その帰路、また度々行くようになった。ところで、最近のソイ丼には薄切りハムが一枚のっているが、習作時代に食べていた時には、もっと厚手の脂身もボリューム感もあるハムが二枚のっていたと思う。それでも、今の五〇〇円で味噌汁付きのソイ丼を食べると、何となく体に良いような気がするから不思議だ。

で、実はもう一軒、文芸社の帰りに顔を出すようになった店が、思い出横丁のほぼ真ん中ほどにある。うなぎの串焼き「カブト」。店は開店当初を思わせる屋台風のスタンド店。立ち呑みではない。午後の三時くらいからやっているのではないか。うなぎの甘辛いタレが炭火にあぶられたにおいをかぐと、いつしかスタンドに腰を下ろしている。うなぎの各部位を一本ずつ頼むこともできるが、様々の串がセットになっている「ひとととおり」を頼むのがいい。えり（頭）、ひれ（背びれ、腹びれ）、肝、一口蒲焼き、レバーが文字どおり「ひとととおり」楽しめる。酒はやっぱりコップ酒でしょう。

先日、ここで午後の遅い時間、四時頃呑んでいたら、先の二人の先生の顔が浮かんできた。そして、今頃になってはいかにも遅いが、ハタと気付いた。

青地先生の「父の伝記を書いてみたまえ。ウソっぱちではなく、本当の伝記を。↓このレポートがウソっぱちだと言っているのではない。この書き方で、もっと長くということです」は、つまり単なる息子としての感想ではなく、亡父の歴史、時代背景、仕事関係者や血縁者などに取材、調査し、もっと事実を積み重ねた上で、伝記と呼べるものを書きなさい、という教えだったのではないか。

丸山先生がもらした「そこのキャップに網代君のレポートを読ませても、何人わかりますかね、この文章の良さを。まぁ、あまりおらんでしょう」は、今の書き方では、スポーツ新聞が望むジャーナルではないので、認められたいなら、やはり、日々の記録をつづる事実報道の訓練と経験が必要でしょうと、言外のアドバイスをくださったのだ。「日本ジャーナリスト専門学校」に通っていながら、ジャーナリストの何たるかを全く理解していなかったことになる。

ジャーナリスト、つまり、新聞・雑誌記者とか報道関係者を指す。あくまでファクトファインディングを使命とし、取材を通じて客観的事実を積み上げていく。最初から自分の主観で文章を書いていた私には、この点が著しく欠如していたわけだが、一度だけ現役の新聞記者を取材しに、横浜・関内の県政記者クラブに出かけたことがある。丸山先生の課題レポート「猪木―アリ戦」を書いた少しあとのことである。その時の取材メモを見てみる。

【六月四日（金）関内・県政記者クラブにてS氏（従兄の友人）】

・記者クラブの退廃は本物。県庁の広報システムが確立されているので、守りの取材原稿しか書けない。待ちの取材。その一例――県（神奈川）内の高校の授業料が値上げになるというスクープ。毎日、NHKの記者が黒板協定違反だとされ除名（記者クラブから）。
・若い記者は、ともすると態度が大きくなりがち。若い時から社会的地位の高い人と仕事で接し、自分が偉くなったような気になる。愛されない記者。
・記者生活での最大の経験は、秋田時代の火山爆発事故（二件）。
・特ダネ、スクープは、やはり偶然性が多い。そのためには、こまめに取材先を歩き回ることだ。

・午前中は寝ている。あとはマージャン。抜かれ時にクラブに顔を出すのは嫌なもんだ。抜いた時は逆にいい気分で、肩で風を切って入っていく。

・体の調子の悪い時は、ためらわずに休むこと。従来の古い記者気質は捨て去らなきゃダメ。

・支局と本社の対抗意識は熾烈。本社は興味本意、多少のウラ不足は承知で書く。支社はあくまで事実確認に基づく。

・因果な商売には違いないが、やはり、記者になってよかった。

・文章は経験さえ積めば、いくらでも上手になるもの。問題はあくまでニュースセンス。

・身体は意外に適応性があるもの。神経性の下痢はいつの間にかすっかり治ってしまった。必要以上に我々は、記者に対してモーレツ意識を持ち過ぎる。

・通信社、通信部の存在・発達が必ずしも良い紙面作りにつながるわけでもない。画一的なニュースになってしまう。

・爆弾事件から続けて特落ちした時、本社の社会部首脳は総入れ替えになった。そういう点は、実に厳しいもんだ。

（県政記者クラブ一四社、約五六人の記者）

さて、果たして現在、新聞記者を巡るジャーナリズムの状況はこの当時とどう変わっているであろうか。どうやらサマセット・モームの警句「世の中にそう新しいことはない」以上でも以下でもないようだ。もっとも、紙の新聞の存在意義そのものが問われるようになるとは思わなかったが。

5 ナウなスポーツ・アーチェリー

最後に、私がジャナ専の事務長さんから依頼された原稿を紹介したい。初めての依頼原稿で、雑誌に載せる写真を基に四〇〇字×一〇枚程度の、あるクラブの紹介記事を書くというもの。ジャナ専の事務長さんから渡されたのは、二〇枚ほどの写真と代表学生の電話番号だけ。少し長いが、初めての依頼原稿で思い出深い。

＊　＊　＊

ターゲットは心を写す鏡　―サジテリアス・アーチェリークラブ―

昨年（昭和五一年）のモントリオールオリンピックで、〝和製ウィリアム・テル〟が誕生したのを覚えているだろうか。アーチェリー・ターゲット（標的）競技で見事、銀メダルを獲得した道永宏君がその人だ。この〝和製ウィリアム・テル〟は、同志社大学二年生で一九歳というヤング。道永君の活躍は全体的に不振だった日本選手の中で、ひときわ光るものであった。

ところが、彼のこの快挙を覚えている人は意外に少ない。道永君の銀メダルは、四時間四十五分に及ぶ標的との長い〝にらみ合い〟の末、勝ち取ったものであるというのに……。

「アーチェリーって、ロビンフッドやウィリアム・テルが使ってた弓のことでしょう。あんな子どもだましの弓なんか魅力ないわ。やっぱり昔からの弓道の弓でなくちゃ気分が出ないわよ」

そう、確かに日本古来の弓道は素晴らしい。日本の弓は、世界で最も長く美しいといわれてさえいる。でも、ぼくたちの世代は、〝道〟を求めるより、スポーツを思いっきりエンジョイする世代でありたい。〝道〟を追求するとなるとなんだか形式張っていて、どことなく悲愴感が漂う。「人生とは……」なんてむずかしい顔をして考え込むよりも、新しいライフスタイルを探し求めるぼくたちは、スポーツをエンジョイするものとしてとらえたいと思うのだ。

そんなぼくたちの世代に、アーチェリーはピッタリときている。日本に紹介されて37年と、まだまだ若くなじみの薄いアーチェリーだが、きっとぼくたちの心をとらえるだろう。

そこで、今回は明日の〝ウィリアム・テル〟を目指し練習に励む「サジテリアス・アーチェリークラブ」を紹介しよう。このクラブ、本部を早稲田大学に置き、部員は早大生を中心に、その他東京女子、東京家政、駒沢女子短大、明治薬科の女性部員をそろえているという豪華メンバー。

明日の〝ウィリアム・テル〟を目指すとはいっても、全員、アーチェリーエンジョイ派の陽気なクラブだ。マネージャーの大久保さん（二十二歳）は言う。

「アーチェリーほど孤独なスポーツはないと思うんです。戦う相手は味も素っ気もない標的なんですからね。その標的の前に立つのは自分一人、誰の力も借りることが出来ない。でも、ボウ（弓）を引きながら徐々に気持ちをターゲットに集中させていき、ここぞと思い矢を放つ、ビューンという金属音を立てターゲットに吸い込まれていく矢、その瞬間がたまらないんです。矢がまるで自分の身体から放たれたみたいな気持ちになるんです」

こう語る大久保さんは、アーチェリーが好きでたまらないといった様子だ。しかしその表情には少しも思いつめたところはない。心の底からアーチェリーを新しいスポーツとして、エンジョイしているといった感じがする。彼ら「サジテリアス・アーチェリークラブ」を紹介する前に、アーチェリーの歴史、競技方法について簡単にレクチャーしておこう。

＊　＊　＊

◎アーチェリーの歴史◎

弓矢の起源は、遠く石器時代までさかのぼる。しかし、弓矢が狩猟や武器としてではなくスポーツとして定着したのは、16世紀のイギリスにおいてだ。当時の国王・ヘンリー8世が熱心なアーチェリーの愛好者で、大会を数多く催し、スポーツとしてアーチェリーを定着させたのである。

やがて、清教徒たちによりアーチェリーはアメリカに渡った。アメリカでさらに大衆の人気を得たアーチェリーは以後、飛躍的な発展をとげ現在に到っている。現在、FITA（国際アーチェリー連盟）加盟国は四十八ヵ国に及び、アーチェリー人口は数百万人という。日本のアーチェリー人口も最近、グーンと増えておよそ三〇万人。オリンピック競技としての歴史も古い。第四回ロンドン大会（一九〇四年）、第七回アントワープ大会（一九二〇年）に開催された。その後、しばらくブランクがあったもののミュンヘン大会（一九七二年）で復活し、昨年、モントリオールでの道永君の快挙へとつながっていく。

◎競技方法◎

現在、日本で行われている正式競技は「ターゲット（標的）競技」「フィールド（野外）」「クラフト」「フライト」の四種目である。その中で「クラフト」と「フライト」はポピュラーではなく、ほとんど行われていない。ここでは「ターゲット」と「フィールド」の二つについてザッと説明しよう。

「ターゲット」は、男子が九〇メートル、七〇メートル、五〇メートル、三〇メートル、女子が七〇メートル、六〇メートル、五〇メートル、三〇メートルで、それぞれの距離から三本ないし、六本ずつ三回または六回（合計三六射）、四ポイント合計一四四射の総合計点で競われる。オリンピックの正式種目として用いられていることもあり、日本では一番、盛んに行われている競技だ。

「フィールド」はターゲットとは違って、地形の変化に富んだ自然を利用して作られた野外コースで、標的を射るナウな競技だ。ふつう一四標的で、距離は六メートルから最高六〇メートルまでとなっている。標的の寸法も、ターゲットの二種類から四種類と変化を持たせてある。

自然の地形を巧みにレイアウトしたコースを数人でパーティを組みラウンドする。自然に接する機会をもつだけでも魅力十分だ。もちろん隣の女の子とのダベリも楽しいが、標的の前に立てば自分との戦いに集中する。この時ばかりは小鳥のさえずりも聞こえない。

もはやアメリカではターゲットの人気を上回っている。日本でも各地にコースが新設され、若者の心をとらえはじめてきた。ターゲットにはない楽しさとレジャー性をもったフィールドは、今後ますます人気を呼ぶことだろう。

＊　＊　＊

さて、「サジテリアス・アーチェリークラブ」の紹介にうつろう。このクラブは創設以来、まだ四年とフレッシュさに満ちあふれている。クラブ創設には秘められたエピソードがある。早稲田大学には、もともと体育会にアーチェリークラブがあった。ところが、そこは男だけのむさくるしい世界。スポーツエンジョイ派の先輩が、アーチェリーとは老いも若きも、男も女も楽しめるスポーツのはずと、美女を求めて飛び出たというわけだ。そのかいあって、今や東京女子、東京家政、駒沢女子短大、明治薬科の女性アーチャーを擁する豪華さ。

公式練習日は、他大学との合同クラブということもあり、土・日曜日に行っている。しかし、射場を持っていない弱みで練習場探しが悩みのタネだそうだ。

その公式練習以外に月例会も行っている。この月例フィールドがクラブ員の楽しみだ。もともと、フィールドを主体として創設されたクラブだったが、年を経るごとにアーチェリーの魅力のとりことなり、ひたすらフィールド、ターゲットの別なく標的を追い求めるようになったという。

しかし、ターゲットの場合、練習場の悩みがつきまとい、最近ではまた元のフィールド中心になりつつある。近郊のフィールドコースのほとんどは回ったというほどだ。

先日、高尾で行われた月例会をちょっとのぞいてきた。いた、いた〝和製ウィリアム・テル〟〝女ロビンフッド〟が……。

思い思いの服装に身を包んでいたが、やはりジーンズが圧倒的に多い。これがターゲットとなると白中心のウェアに変わるそうだ。

ジーンズをはいて出来るスポーツというのも、ユニークでフレッシュだ。コースを回る途中では、モクタイムあり、ダベリタイムあり、なんだこれじゃまるでハイキングじゃないか。

ところが、標的の前に立つと彼らの表情がひきしまる。ジッと標的をにらんで身動き一つしない。実はこのコンセントレーション（精神集中）をしている時が、一番、苦しい時なのだ。左手でボウ（弓）を押し、右手でストリング（弦）を引く。傍で見ていると、静止している動作のようにみえるが、本当は押す力と引く力のぶつかり合いで、かなりの力を必要としているのである。コンセントレーションが、うまくいかないのは、自分の心ひとつ。アーチェリーの美しさは、静から動への動きにあるというのもうなずける彼ら彼女らの表情だった。若い女の子が、片目を閉じ標的をにらんで動かない姿は、ひどくチャーミングだが、その心の中を思うと、ニタついてはいられない。

最後に、マネージャー・大久保さんにアーチェリーの魅力について語ってもらおう。

「確かに動きの少ないスポーツですから、見て楽しむ要素は少ないでしょう。でも一度やったら絶対にやめられないと思います。標的めがけて矢を放つという単純なスポーツですが、奥行きの深さは底知れないものがあるんです。それに年齢に左右されませんから、生涯を通じて楽しめます。地味なスポーツだからこれからも爆発的なブームは訪れないでしょう。

でも、ぼくはちょっときざかもしれないけど、〝ターゲットは鏡〟だと思っているんです。自分の気持ちがすさんでいる時は、標的は笑ってくれない。気持ちにゆとりがある時には、標的がほほえんでくれる。標的は自分の心を写す鏡です。そんなメンタルな要素を一人でも多くの人が知ってくれれば最高です」

ぼくたちは、スポーツをエンジョイする世代でありたいと最初に言った。そしてそのエンジョイする心とは〝ターゲットは心を写す鏡〟と少しも矛盾しないのだ。

（一九七七年　二六歳）

＊　＊　＊

正直言って、これが掲載されたのは当時流行の男性向けビニ本である。若い女性のヌード写真中心で、お慰み程度のコラムと特集記事のページがあり、そこに書いたわけだ。ビニ本であろうと何であろうと、投書ではなく初めての依頼原稿だから、雑誌を大事に取っておいたのだが、家の改築時のドサクサに紛れて失くしてしまった。原稿料をいくらかもらった覚えはあるのだが、出版社がビニ本と記念品か何かを送ってきただけかもしれない。

いくらジャナ専に通いながら、主観タップリの作文を書いていた私でも、この時ばかりは取材をしましたよ。その取材を振り返ると、出だしから大失敗をしでかし、今からでも大久保さん（いやもう大久保氏か）に謝罪したい気持ちでいっぱいだ。自分から電話で取材対象者である大久保さんと、新宿の紀伊國屋書店内にある喫茶室で、午後の一時に会うアポをとりつけたのに、なんと一時間ほど遅れて彼を待たせてしまったのである。

なぜ、それほど遅れたのか。前の晩の飲み過ぎで、目がさめたら昼近かったのだ。しかし、自分なりに真面目に取り組んだのは間違いなかろう。探していたら、取材メモが出てきたので、それも紹介したい。

◎図書館（図書館で調べることのメモだったと思われる）

1、アーチェリーの歴史

2、競技人口

3、競技方法

4、日本でのアーチェリー

5、世界選手権
6、オリンピックでいつから競技に
7、学生アーチェリーの歴史と競技会
◎大久保さんへ（部のマネージャーへの質問事項を予め考えたのだろう）
1、クラブの正式名称
2、クラブの歴史
3、クラブ員数（男女別、合計）
4、日常活動
5、練習、トレーニング方法（詳しく）
6、ひととおり道具をそろえると、いくらぐらいかかるのか
7、アーチェリーの魅力
8、競技人口
9、弓道との違い
10、アーチェリーの将来

こうしてみると、一応、ジャナ専で学んだことは無駄ではなかったようだ。多くの講師達から教えられたのは、「真実より事実を、短文で達意の文章を、改行を多くしリーダビリティのある紙面を……」ということ。

大久保さんと会い、遅れたことを詫びてからインタビューを結局、二時間近くしたと思う。私はＩＴ音痴もいいところだが、およそ四〇年前のこの当時はＩＴ社会ではないから、話を聞きメモを取るしかなかった。もう小型のテープレコーダーは出ていたのだろうが、まだ喫茶室のテーブル上に置いても違和感のないサイズのものはなかったと思う。

だが、先ほどの大久保さん用のメモ用紙を見ながら話を聞いていったので、本当に知りたい答えだけをメモするだけでよかった。たとえば、答えとしてメモしたものにこんなものがある。

「早稲田二二名、日常─ターゲット、月例─フィールド、道具一式＝五万円位！　武器としての弓道、スポーツとしてのアーチェリー」

そして、後日、図書館に行って調べたことと合わせて、四〇〇字×一〇枚の原稿を一週間で仕上げた。だから「先日、高尾で行われた月例会をちょっとのぞいてきた」は嘘である。二〇枚くらいの写真を見ながら、取材から得られた材料で作文していったのである。作文の方は嫌いではないので、この作業はけっこう楽しかった。

それよりも、出来上がった原稿をやはり新宿の紀伊國屋の喫茶室で大久保さんに手渡す時、またしても大幅に遅刻したのである。

その頃の私は通信社の運動部でアルバイトをしており、昼夜逆転の日々を送っていた。どんなに早くても仕事が終わるのは夜の一一時過ぎで、それからバイト仲間とよく呑みに行った。しかし、深夜まで呑んでも、よく金が続いたものだ。この通信社では、アルバイトは週給制で平均すると週二万円はもらっていたと思う。ただ完全な時間給だったから、遅くまで残って仕事をすれば、それだけ実入りが増えたので、週に二回ぐらいは夜の一二時近くまで残業した。だいたい社に出るのが夕方の三時から四時の間だった。

それからする仕事と言えば、プロの記者から早口で送られてくる口述原稿を紙に書きおこすことであった。ジャナ専に通っていたくらいだから、当然、マスコミ関係への就職を考えていたから、正月でも電話が次々と入ってくる活気ある運動部にいるだけで、自分の夢が半分ほど実現したような気になっていた。だが、結局、正社員試験は年齢がわずか半年ほどオーバーしていて受けられなかった。それでもマスコミの真の姿の一断面を見ることができたのは、今にして思うが得難い経験をしたと思う。こんなことがあった。

プロ野球の春季キャンプのある日、阪神担当の記者から江夏投手に関する囲みコラム程度の記事が電話で送られてきた。もうこの頃は、記者の猛スピードで語られる口述を「遅い」と怒られることもなく取れるようになっていた。

口述と言えば、ベテラン記者となると、書いた原稿を読むのではなく、まさにメモを見ながら即興で口述してくるのだ。いくら記事にはそれなりのパターンがあるとはいうものの、やはりプロだからできる芸当であろう。もっともゲームが延びて、原稿を書いていたら、締切りに間に合わないという事情もあるにはある。それにしても、5W1Hがピタッと入って、事実だけでなく、チラッと記者の目に入ることを文章にして口述するには、やはり年季が必要だろう。

そういう文章をひたすら筆記しまくったことが、今日の私の文章にどれだけ影響を与えてくれたことか。当時の可愛がってもらった記者諸氏にお礼が言いたい。もう二〇年ほど前だろうか、日比谷公園内にあるその通信社を訪れた際、何人かのよくしてもらった記者が亡くなったことを知り、しんみりしてしまったことがある。

さて、例の江夏に関する囲み記事、翌日、我が家でとっている新聞のスポーツ欄を開いたら、なんと筆写したまんま載っているではないか。思わず叫びましたね。

「母さん、この記事、俺が書いたんだ」

嘘でしょうが……。

赤バット逝く

1 野球の神様

二〇一三年一一月三日（日）、日本シリーズ第七戦が仙台Kスタ宮城球場で行われ、星野仙一監督率いる東北楽天ゴールデンイーグルスが、読売ジャイアンツを3—0と圧倒し、球団創部九年目で初のプロ野球日本一に輝いた。原・巨人はV9以来の四〇年ぶり日本シリーズ連覇は成らなかった。

三勝三敗で第七戦を迎え、白熱のゲーム展開であったが、このシリーズほど予想の無意味さを実感させられたシリーズはなかったのではないか。戦う前から「今年は田中将大のシリーズになる」のは、誰の目にも明らかだった。それほどこのシーズンの田中の快投は鬼気迫るものがあった。とにかく負けなかった。レギュラーシーズン二四連勝、クライマックスシリーズでも日本シリーズ第二戦も勝ち、もし第六戦で勝っていれば、プロ野球史上初の年間完全無敗の投手となるところだった。

だが、人にはバイオリズムというものがあり、私を含めて多くのプロ野球ファンは

「日本プロ野球史上、年間無敗の投手など存在しない。田中もそろそろ負ける時に入ったのではないか。それがもしシリーズ初戦に出れば、楽天は案外もろく四タテを食らうのではないか」と予想したのではないだろうか。

ところが、まず第一の予想が外れ、なんと初戦は則本が出てきた。解説者の古田は「一瞬、マー君がケガをしたのかと思った」と、コメントしたほどである。実際は、田中がクライマックスシリーズの最終戦から中四日で投げることに合意せず、中五日で万全を期して第二戦で投げたいと申し出たからだという。Ｖ９巨人の昔からシリーズ一戦、二戦どちらを重視するかは議論が分かれるところであった。

そして初戦を則本が予想以上の好投をしたものの落とし、満を持して第二戦に田中は登板し、気迫全開のピッチングで勝利し、移動日を迎えることとなる。これで第二の間違った予想がなされる。私もそう思った。

「明日は移動日で休み。楽天ナインは晴れ晴れとした気持ちで練習がこなせる。第三戦以降は一気に楽天有利となった。ひょっとすると、三つ取ってしまうのではないか」

* *

ところが、またしても予想は外れ、敵地東京ドームでは勝ち切れなかった。だが、五戦目で王手はかけたのである。この五戦も信じられないゲーム展開となった。楽天二点リードの五回、星野監督が動き、リリーフに負けたとはいえ、新人らしからぬ生きのいいピッチングを見せた則本をマウンドに送る。七回に村田にソロ本塁打を浴びたものの、則本は最終回を一点差で迎えた。一死一、三塁のピンチとなり、打者は村田。先ほど一発を食っているので、則本にかなりの重圧がかかったのだが、村田も緊張からか好球を打ち損じ、強い打球とはいえ打球はピッチャー真正面に。誰もが思ったはずだ。

「このピッチャーゴロは二塁に転送後、一塁に渡り、ゲッツーで万事休すだ」と。

ところが、則本は打球を処理する直前、一瞬だが顔をセカンドに向けてしまった。自分の後ろに流れたボールを力なく追い、さすがにひざまずいてしまう。巨人は2―2と追いつき、なおも一死一、二塁の好機。

「これだから、野球は怖い」

打球を処理する際、ボールが確実にグラブに入るのを見届けてから、次のプレーに移らなくてはいけないのは、中学生でも知っている野球のセオリーだ。それがこの場面で問われるのだから、練習とは一体何なのだろう。いくら練習でできても、緊迫したゲームを決める場面でできるかとなれば、全く別の話なのだろうか。

そして次なる予想外れがまた起きる。これで試合の流れが一気に巨人に行き、この五戦を取り三勝二敗とし、第六戦に投板確実の田中に重圧をかけるだろうと読んだ。しかし、結果は延長10回に楽天が二点を取り、4―2と逆転勝ち。

遂に楽天が王手をかけ、翌日は移動日で本拠地・宮城に戻れる。最高の気分で調整練習に臨み、一気に田中で勝負を決するだろうと思ったら、またしても予想は外れた。あらゆる条件を考えて、楽天絶対有利の第六戦を田中で落としたのだ。彼の負けのバイオリズムがここで出た。

田中は二回に二点をもらい、四回までは危なげないピッチングを見せていた。ただ、解説の古田が「スプリットが多いのが少し気になる」と、コメントはしていた。その時点で、私は田中のあるシーンが脳裏に浮かんできた。あの夏の甲子園の決勝で、早実のハンカチ王子こと斎藤に三振を喫し、最後のバッターとなった場面だ。そして、春先のWBC予選の日本予選で前田健太（広島）と並び、先発で力を発揮できなかったことも思い浮かんだ。

「ひょっとすると、田中は案外、勝負弱いのではないか……」

するとと続く五回にロペスに同点2ランを打たれ、巨人打線が一気に勢いづき、高橋のタイムリーヒットで勝ち越し、六回にも一点を失い、一六〇球完投したものの、この年初の黒星を喫した。

2リーグ制になった一九五〇年以降で、規定投球回数をクリアして年間無敗だった投手は一九八一年、一五勝0敗だった日ハムの間柴しかいない。その間柴でさえ、日本シリーズでは二敗しているのだ。

一抹の予感はあったものの、四回までの田中のピッチングを見ていたら、それも杞憂と思われた。しかし、ロペスへの一球がすべてを変えた。一体、このシリーズは幾度のどんでん返しが起こるのか。プロの解説者達の予想は何だったのか。その思いは第七戦でいっそう強くなった。

結局、決戦が終わって「祝楽天日本一」一色になったが、第六戦を田中で落とした時は、大多数の野球ファンは巨人有利と思ったに違いない。

田中の無敗神話が崩れ、あれだけ打ちあぐねていた田中のストレートを、巨人打者が狙って仕留めだしたのである。しかも第七戦には調子が今一つといえども、シリーズ経験豊富な杉内を巨人はマウンドに送れる。それでも巨人は美馬―則本―田中の前に0―3で敗れてしまった。しかも、星野監督は当然の如く前日に一六〇球完投負けの田中を、胴上げ投手にするべく九回に投げさせた。事実、田中は1シーズン三度目の胴上げ投手となる。

果たして野球の神様は、本当にいるのだろうか。かつて「野球の神様」と言われた男がいた。その男は監督として背番号77を背負い、巨人を九年連続日本一にする、とてつもない大記録を達成した。そして、その男はこの日本シリーズを見届けることなく、世を去った。彼の名を川上哲治という。川上の監督時代の背番号77を背につけて戦ったのが、巨人ではなく楽天の星野仙一であった。

2 三題噺

プロ野球元読売ジャイアンツV9監督・川上哲治死去。九三歳没。家族によれば、眠るように安らかに逝った大往生とのこと。

ここ数年、昭和を彩ったスター達が次々と亡くなっていく中で、遂に野球界の伝説達にもその影が忍びよってきたようだ。長嶋が、王が、もしと考えると、空恐ろしいのだが、現実的にはいつきてもおかしくないのかもしれない。

さて、落語をそれほど聴いているわけでもなく、寄席通いもほんの数度だが、夏の暑い昼下がりにぶらりと入った浅草演芸ホールで、偶然にも亡き志ん朝の『火焔太鼓』を聴いた。「住吉踊り」も見る幸運にも恵まれたし、円歌の自伝的落語ともいうべき『中沢家の人々』も聞けた。やはり夏の一日だったと思うが、思い立って出かけた国立劇場のトリで故桂文朝の「今や桂文朝というのは、この世に私一人でありまして……」というマクラに、くすっと笑ったこともある。

今はない大阪・うめだ花月で桂文珍の漫談のような落語も聞いたが、この時それよりも強く印象に残ったのは、チャンバラトリオの「前田竹千代」といったと思うボケ役と、マンガ漫談というのだろうか。こちらもハッキリと思い出せないが、「なんとかヒカル」さんといった二人の芸人さん。

このように一応、演芸好きではあるので、三遊亭圓朝作といわれる『鰍沢』が「三題噺」の名作の一つに上げられているぐらいは知っている。これは、テレビでいろいろな演者の噺を聴いている。ストーリー展開の意外さと案外、映像的な話なので驚いたものだ。

川上哲治と聞くと、どういうわけか落語の三題噺を思い浮かべる。圓朝の三題噺に及ぶべくもないが、川上哲治のそれとなると、自分のは次のようになるのだ。

『悪役』『笑っていいとも』『神宮外苑』――。

3 悪役

川上には多くの異名がつけられている。野球の神様、テキサスの哲、テツのカーテン、弾丸ライナー、高校野球など。だが、その偉大な選手、監督としての実績のわりには「悪役」のイメージが定着していないか。

それは、やはりあの「長嶋監督解任事件」の黒幕とされたことが、悪役のレッテルを押されたとしか思えない。しかし、この電撃的で衝撃的だった解任事件の真相は、未だに明らかにされてはいない。諸説いろいろあるが、V10を逸した川上が、監督の座引退を決意し、長嶋にいわば禅譲したわけだが、その際に長嶋が川上の意向を何一つ聞き入れなかったことに起因しているのは間違いないであろう。川上の意向に「牧野をヘッドコーチとして残し、堀内は扱いづらいからトレードに出せ」などがあったという。しかし、いくらV9監督の威光で院政をしこうとしたとしても、これは無理であった。牧野といえば川上の側近中の側近で、石橋を叩いて渡る高校野球といわれた川上の野球をドジャースの戦法を取り入れて完成させた、言わばV9巨人の陰の立役者だった。

今でこそ、日本の緻密で機動力を駆使したチームプレーで一点を取りにいく野球を「スモールベースボール」などともてはやしているが、元はといえば、ドジャースの戦法のことなのだ。

私も一時、中学の野球部監督として、「ドジャースの戦法」を取り入れようと熟読したが、難しすぎてよく消化できなかった。投手・捕手編はもちろん、打撃、ポジション別の守備編、内外野の連携プレー、状況に応じてのフォーメーションプレーやピックオフプレー、コーチングに監督論などがこと細かく解説されている。パワーを誇りに豪快に打って投げて走る大リーグのイメージとは、およそかけ離れた緻密な戦術の書であった。

しかし、長嶋は感性の野球人である。ベースを踏まずにホームランをフイにしたり、試合中に見本を見せたり……。

「来た球を腰をこうやってギュッとひねって、バットを思いっきりパーッと振って……」

嘘ではない。代打を告げて、打者の気迫のなさが気になったか、自ら打者の腰に手を当て激しくひねる姿が、テレビに映ったことがある。

Ｖ９時代も、三塁コーチャーズボックスから牧野が出すブロックサインの見逃しが一番多かったという。というより、元々見る気がなかったのではないか。サインなど越えたところにプロの野球がある、と考えていたに違いない。

「トレードしろ」と言われた堀内の仲人を長嶋は務めたが、これは長嶋のたった一度の仲人だった。堀内も新人時代から「甲府の小天狗」などと言われ、川上が持て余す悪童であったが、彼も長嶋と同じく天才肌。日本シリーズ二年連続ＭＶＰや故稲尾和久と並ぶ日本シリーズ通算一一勝は歴代一位で投手としての記録も凄いのだが、打者として三打席連続本塁打という信じられない記録も残している。しかも、この試合でなんとノーヒットノーランを達成しているのである。

晩年になり敗戦処理役となって投げていた時でも、解説者の故藤田元司が、「金田さんはもう引退した方がいいと言いますが、今の巨人で一番頼りになるのは堀内ですよ。彼は投げるだけでなく何でもできて、牽制にフィールディング、ピックオフプレーなど、どれをとっても超一級品です」と評していたほどだ。

私も確か堀内が新人の年でオールスターに出てきた時、彼がピッチャーゴロを処理するやいなや、三塁ランナーを目で殺し、素早く挟殺プレーに持ち込みアウトにしたシーンを鮮明に覚えている。その時の解説者・故青田昇は、「今、すぐに三塁ランナーを見ましたもんね。堀内ってのは投げるだけじゃないね」と、いたく感心していた。

このじゃじゃ馬こと青田は、後に伝説となった長嶋が若手を鍛え上げようと行った「地獄の伊東キャンプ」で、何十年ぶりかで巨人のユニホームを着て、ヘッドコーチとして辣腕をふるった。だが、残念ながら開幕前にあるスキャンダルに巻き込まれ辞任せざるを得なくなってしまった。

こうして川上―牧野（捕手の森も加えるべきか）ラインと、長嶋―青田―堀内ラインを比較してみれば、長嶋解任は起こるべくして起きたと言えるのではないか。「耐えて勝つ野球」と「見せて勝つ野球」の差は、あまりに大きくかい離しているのだ。

④ 歴史の否定者

私が小学校に入学した昭和三三年（一九五八）に、長嶋は六大学新記録の通算七本塁打の華々しい実績をひっさげて巨人に入団した。そして、この年に巨人の四番は川上から長嶋に引き継がれ、シーズン終了後に川上は引退し、コーチとなる。

我々の世代にとって川上といえば、選手としてではなく、V9の監督としての存在感が圧倒的に強い。それでも川上の引退会見はテレビで見た記憶があるし、最後のシーズンに彼の打席を数度見ていると思う。

なんと言っても、私は長嶋のプレーとともに野球を愛し、プロ野球への憧れを募らせたのである。

小学校の頃、草野球をやると、誰もがサードで四番をやりたがってケンカになったものだ。まさに長嶋は私達にとって「ミスタープロ野球」であった。そのダイナミックな守備、打撃のすべてを真似した。一年遅れで入団してきた王は世界のホームラン王となり、長嶋とのＯＮ砲でＶ９に大きく貢献したが、人気の点で、どうしても長嶋を上回ることができなかった。

しかし、川上は王の方に同じ野球人として理解を示しがちであり、Ｖ９監督時代、長嶋をもっぱら叱られ役として使ったのである。これは本人も自著（『遺言』）の中で認めている。明るく華やかなプレーを好む長嶋と、徹底した管理野球の川上は、所詮「水と油」であるのは仕方がないのかもしれない。

川上の「勝つ」という執念は恐ろしいほどであり、どんなに巨人がトレードもなく、自由に有力選手を獲得できたからといって、九年も連続で日本一になった実績は偉大と言うしかない。

それを新監督となった長嶋は全否定してしまったのである。しかし、これもわからぬではない。新監督は誰でも自分のカラーを強く打ち出した野球をやりたいものだ。それを川上ファミリーとも呼ぶべきコーチングスタッフを引き継いだら、とてもできまい。そこで川上の「ワシの作った歴史をないがしろにするのか……」という言葉が出てきたのだろう。長嶋は結局、川上が推薦した牧野や森をコーチとして呼ばず、ヘッドコーチに関根潤三を呼んだ。

関根は知る人ぞ知る投手としても打者としても一流の実績を上げた野球人である。最晩年の昭和四〇年（一九六五）の一年間だけ、巨人で外野手としてプレーして引退した。この時のプレーを私は見ている。

我が家の近くに社会人野球の名門・日本通運の選手寮があった。そこに当時、後に巨人で活躍した堀本という投手がおり、我が家近くの私も通っていた床屋に、彼がよく来ていた。若い二代目店主と堀本は気が合ったらしく、堀本は巨人に入ってから、床屋の若店主に「プラチナチケット」と呼ばれていた後楽園の巨人戦のチケットをプレゼントした。そこで、若店主は、

「栄ちゃん、後楽園行くかい。ナイターの巨人―国鉄戦だけど……」

もちろん行きましたよ、夏休みに。この時に関根を見ているのである。試合前の守備練習で、カクテルライトに照らされたまばゆい外野からの力強い返球に目を奪われていたら、一人だけバックホームで、定位置からゆるい2バウンドか3バウンドで返球する外野手がいた。それが関根だった。打席でも守備同様のいかにも枯れたひょう

ひょうとした味を出していた。

これにだまされてはいけない。横浜大洋ホエールズやヤクルトスワローズの監督時代は、イメージとは似つかぬ激しく厳しい指導を若手にしたという。投手として六五勝九四敗、防御率3・42は「灰色の球団」といわれた弱小球団・近鉄であげた数字としては立派なものだ。生涯打率二割七分九厘、五九本塁打も大したものだし、投手、外野手の両ポジションでオールスターに出場した唯一の選手でもある。

そして、長嶋と同じく六大学野球の出身。川上は熊本工業高校から投手として巨人に入団したから、一部で当時は人気絶大であった六大学のスター選手に学歴コンプレックスを持っていた、という説がなされたりした。この高校出と大学出の対立は、プロ野球界では昔からよく言われていることで、最近では野村も監督時に六大学出身のスター選手には、ことのほか厳しく当たった、と言われている。

長嶋は入団時の慶應大出身の「球界のダンディ」と呼ばれた故水原監督に、どちらかといえば私淑していたそうで、早くから高校出の川上派とは一線を画していたが、意外にも川上は自分の後継者として長嶋を公私ともども面倒をみたのである。その証拠に、入団当初、長嶋は一時、川上宅に近い家に下宿していたことがある。しかし、一年目からあわや新人三冠王になるほどの大活躍を見せた長嶋は、早々と川上のもとを巣立っていった。

さらに監督禅譲の際、川上の神経をいらだたせたのが、巨人軍史上初の外国人選手（デーブ・ジョンソン）の獲得だ。川上は球団のオーナーであった故大正力（正力松太郎）から「川上よ、巨人は大リーグに追いつけ追い越せだ。そのためには、お前が監督をやっている間は、巨人は絶対に外国人選手は取らん」と言われたことを肝に銘じ、事実、取らなかった。だが、そのかわりに、読売の豊富な資金力をバックに、セ・パを問わず国内の大物選手を獲得するようになった。特にＯＮの後ろを打つ五番打者を他チームから続々と取ったが、みんな二、三年で追われるように巨人を去って行った。これは今でも変わらない。

就任早々の長嶋はそのいきさつを十分に承知しながら、川上の方針をアッサリ否定し、サードで四番を託せると確信し、ジョンソンを獲得したのだ。それはそうだろう。Ｖ10を逸したのは様々な要因はあったろうが、長嶋の衰えが予想以上に早かったからである。

もっと端的に言ってしまえば、「記憶に残る一打を打ち続ける」打者がいなくなってしまったからだ。王がいくらホームランを打とうと、「ここで一発ほしい」とファンが願う場面ではあまりに打てない、「記録に残る選手」の典型であった。それを裏付けるのは、王はあれだけ日本シリーズに出ていながら、一度もＭＶＰになっていない事実だ。たった一度、対阪急戦で起死回生の逆転サヨナラホームランを山田から打ったが、この時も2アウトで長嶋が例の左足がアウトステップし、あごも上がりながらボテボテのセンター前ヒットを打って、王に回したのだった。

5 笑っていいとも

川上にとって巨人の野球とは勝つことではなく「勝ち続けること」であり、長嶋のそれは「勝つことにもロマンを求める」というもの。どこまでいっても、二人の野球観は決して交差することはなく、長嶋監督解任騒動で、川上には黒幕としての悪役のイメージが定着してしまった。

そんな川上のイメージとお笑いのモノマネなど、絶対に結びつかないと思っていたら、それが一時、全国的な人気を博したことがあるのだ。しかも演じ手は素人で、『笑っていいとも!』の一コーナーの芸から火がついた。もっとも、川上のモノマネ単独ではなく長嶋のモノマネとセットになっていたのだが……。

二〇一四年三月に終了し、人気長寿テレビ番組、タモリの『笑っていいとも!』に、突如、川上のモノマネが登場したのである。しかも、昭和五五年（一九八〇）の長嶋解任劇の後のタイミングで出てきたから面白い。

ミスタープロ野球を巨人から追放した張本人とされた悪役川上に対する反感を、うまくデフォルメして番組に取り入れたプロデューサーの故横澤彪の目論見は見事に当たったことになる。番組のスタート当時、ちょっと信じられないのだが、『笑っていいとも！』の視聴率は低迷していたという。そのテコ入れで、長嶋のモノマネをする「プリティ長嶋」と川上を真似る「ドン川上」、それにタモリを加えたトリオで「来たかチョーさん、待ってたドン」というコーナーを横澤が作ったのである。

もし、長嶋一人だけのモノマネであったら、おそらく人気コーナーになることはなかったろう。長嶋の独特のかん高い声や、長嶋語と言われたカタカナ英語などは、モノマネの対象として扱われやすく、様々な形で演じられていたからである。

ところが、長嶋に毒づく形で「ドン川上」が登場してくるとは、誰も想像できなかった。モノマネの芸には大別すると二つある。一つは顔、姿、形そのものを出来得る限り本物に似せるもの。しかし、これは「そっくりさん」が出現すれば、それまでとなってしまう。もう一つは、本物がこんな状況と立場ならこんなことを言うだろうを演じるもの。「ドン川上」はこちらの部類に入ろう。彼は容姿はさして川上には似ていなかったが、その喋り方とその内容が、まさに川上なら長嶋にこう言うだろうな、と思わせるのが抜群であった。

私も含めて視聴者は「案外、川上も面白いじゃないか」と錯覚したのである。川上自身もどこかで「ドン川上さんのおかげで、川上哲治のイメージが良くなった」と、周囲にもらしていたという。だが、ドン川上本人とは何らかの理由をつけて決して会おうとはしなかったという。それでも、自分が世間で新しいイメージで見られていることは、素直に喜んでいたようだ。

それにしても、ドン川上はいい所に目をつけたものである。こんな解説者・川上をよく演じていた。「あの選手はいいですね、なんといっても親孝行ですから」とか、「もっと魚を食べて骨を強くしないといけませんねぇ」とか。

そう、確かにNHK解説者としての川上の野球解説はあまりに古風な精神論が多く、少しも面白くなかった。だいたい、解説者になり、国営放送のNHKを選んだこと自体、川上らしい。巨人という権威に野球生命を賭け、球界の盟主というブランドまでに球団を高めたのに、引退後には日本テレビ入りしていないのだ。ここにも川上の権威主義が見てとれる。彼は民放よりＮＨＫの方が偉いと思っていたのではないか（『週刊朝日』の記事によると事実は違っていた）。

そして、川上のＮＨＫでのプロ野球解説のどこにも、Ｖ９を代表する高度なチームプレーの方法論的なものはなかった。最も得意とする打撃論も「球をよく見て上から叩く」式の一点ばりで、あまり斬新さがないのも意外であった。ましてや場面場面でゲーム展開を予測しながら投手の配球を読むといった先読みもできなかった。出てくるのは「〇×は親孝行だからよい。もっと魚を食べなきゃ……」ばかりだから、モノマネのターゲットになったのであろう。

だが、川上の野球人としての歩みを追っていくと、この精神論一点張りの解説の意味がわかってくるように思う。結局、本質的に彼が好きだったのは、「打撃」と「正力松太郎」だったと結論づけられそうだ。

それは彼の現役時代のプレースタイルを見ればわかる。打つことに関しては神がかった練習をしたが、守備についてはまったく興味も意欲も見せなかったという。よく知られていることだが、一塁手として内野手から転送されてくるボールは、自分が構えたところから一歩でも外れると、平然と見送ったという。四番打者としての矜持で、どんな場面であろうと犠牲バントなどしない。ひたすら打つのみ。しかも戦後の一時期の飛ぶボール時代のホームラン熱にも結局、冒されることなく、あくまで低い弾道で速い打球を打つことに徹した。これが「弾丸ライナー」の川上と呼ばれるようになった由縁だ。

それが大正力（正力松太郎）の号令一下、ドジャースの戦法を教科書に牧野にチームプレーを完成させ、自己犠牲を強いる犠牲バントを多用した、「面白くなくても勝ち続ける野球こそプロ」に一八〇度変身したのである。本人もよく口にしたように、V9の戦術・戦法の陰の立役者はコーチの牧野であり、捕手の森であった。彼ら以外にも様々なブレーンが裏から川上を支え、今では普通になった、先乗りスコアラーやトレーニングコーチなどの新機軸を次々と機能させていった。

だから、戦術論にしても球団組織論にせよ、世評言われているほど川上自身は理論武装などしていなかったのではないか。元来、口の重い性質だから、ましてやテレビの解説などで歯切れのよい論評を期待する方が無理というものだ。

それにしてもドン川上は面白かった。今でこそ彼は北海道の地で、ラジオのパーソナリティーやタレント、司会業などで活躍しているようだが、もう全国的な人気者とは言えないだろう。全国区的に売り出した時は、旅行会社の一営業マンにすぎなかったのだから、大衆的人気を得ることは、全く予測不可能のことだ、と改めて思い知らされる。

本人が回顧しているように、当時の状況では川上は長嶋解任の張本人で悪者といったブームだったから、ドン川上が演じた川上像は受けたのだが、局にはけっこう川上擁護の抗議が殺到したらしい。

「なんであんなこと言うんだ。いくら何でも大監督に失礼ではないか……だいたい長嶋だって悪いんだ」

きっとこの話が何らかの経路で、川上の耳に入ったのだろう。川上も案外、『笑っていいとも！』と思っていたかもしれない。彼は口下手でシャイな一面もあるから、ドン川上と積極的に会おうとしなかったが、宮崎の巨人キャンプにドン川上が会いに来た時、常宿にサインを二枚預けておいたという。

だから、ドン川上は、

「ほんと私は川上さんのおかげで、これまでタレントを続けてこれました」

と、川上を恩人としてとらえているのだ。

一方の「プリティ長嶋」の近況を知って驚いた。現在、千葉県の県議になっていようとは知らなかった。彼はドン川上と違って、長嶋のモノマネでブレイクした時、一応、プロのタレントではあった。しかし、芸能界デビューする前は、千葉県水道局勤務の公務員。『笑っていいとも！』で人気者となった後、芸人から転進して千葉県市川市議になったこともある。彼の振幅の激しいドラマチックな人生は、まさに長嶋的だ。

プリティ長嶋は次のように語り、川上の死を惜しんだ。ドン川上と共に彼にも慕われ、川上も喜んでいることだろう。

「すべては川上さんが仕掛けた昭和五五年の〝長嶋解任劇〟がなければ始まらなかった。あれがあったからこそ私は芸人になったし、あのパロディコーナーがあった。そして、私たちがいなければ横澤さんが『三か月もてばいい』と言った『いいとも』

が、三〇年以上続く長寿番組にもならなかったはず。……（中略）……『いいとも』の打ち切りが決まった直後に川上さんが亡くなったのは、何かの縁だろう」

（二〇一三年一一月一日　東スポWeb）

言ってみれば、川上は「いいとも」の陰の立役者であったのだ。

6 神宮外苑

川上が私の方を遠目から凝視しながら言った。所は神宮外苑野球場（絵画館前）。

「みなさん、お上手だ！」

その時、私は草野球でピッチャーをしていた。定かではないが、昭和五二年（一九七七）の秋も深まった頃だったと思う。絵画館前のいちょう並木の紅葉も終わりに近づき、多数の絵の具をまぶしたような枯葉が舞っていたのを覚えているからだ。

「みなさん」ということは、私も含めては間違いないから、私は川上から「お上手だ」とほめられたことになる。というのは冗談で、要するに川上は、今自分も参加した（投手をしていた）草野球のレベルは高い、とお世辞を言ったのだろう。

そう言いながら、ゆっくりとグラウンドを去って行く川上の前後には、NHKの番記者がまるでSPのように寄り添っていた。この時、彼は巨人の監督を長嶋に禅譲してから数年経ち、NHKテレビで野球解説をしていて、寄り添うSP並の記者連を見て、川上のＮＨＫでの扱われ方が想像できた。

なんで私がその場にいたのか。当時、私は時事通信社運動部で原稿取りのアルバイトをしていた。記者が現場から急いで電話で送ってくる原稿を聞いて、素早く書きとるのである。怒られ、どなられながら、何とか聞き書きできるようになるまで、三、四ヵ月はかかったろうか。テレビ、ラジオ、新聞社などのマスコミ運動部が集って、毎秋草野球大会を開いていたのである。

この年の相手は、これも今となっては定かではないが、確かラジオ関東の運動部であったと思う。頼りにしていた若い学生アルバイトのピッチャーが急な法事か何かで投げられなくなり、急きょ私がマウンドに立ったというわけだ。

これはハッキリと覚えているが、初回、先頭打者へのストレートはボール、それではと二球目にカーブを投げたら、これが見事に右打者の背中に当たってデッドボールで、いきなり無死一塁のピンチ。ここで時事通信内野陣すかさず、タイムをとってマウンドに集まってくれた。

「アミシロ、お前、アガってるんだろ」

「お前、顔が真っ青で、まぶたがけいれんしてるぞ」

「コントロールなんかいいから、ストレートだけ、真ん中目がけて投げろ」

さすがにプロ野球のナイターを毎夜の如く取材している記者諸氏。私の心の内を的確に絶好のタイミングで指摘してくれた。そりゃ、そうでしょう。草野球で先発投手となったのはこの時が初めてだったのだから。二五歳になっていたと思う。プロ野球界は前年に長嶋巨人が二年目で、一年目の最下位から張本のトレードなどが功を奏し、初優勝を遂げた。日本一になれなかったものの、この一九七七年もセ・リーグを制した。だが、またしても上田監督率いるエース足立、山田らを擁する黄金期の阪急に敗れ、日本一にはなれなかった年。

その日本シリーズが終わった晩秋の一日に、川上からほめ言葉をもらったに等しい経験は、私には一生忘れられないものだ。それにプロの野球担当記者諸氏をバックに、七回を0―2で負けたとはいえ、完投したのも忘れられない思い出だ。初回というより立ち上がりは概して投手は安定しない、とよく言われるが、私はまさにそれを実感できた。頭の中は真っ白。手と足はバラバラで手先だけで投げている感じ。そこですかさず内野陣が寄って来てくれ、リラックスさせてくれたから、本当にそれから自分を取り戻し投げられたのである。

この時、時事通信社運動部の「坊や」と呼ばれていたバイト時代は、実に記者さん達に可愛がってもらい、普通ではめったに行けない取材現場に連れて行ってもらった。今にしてみれば、それがどんなに貴重な社会勉強だったことか。

何よりも忘れ難いのは、スクープの現場や未確認情報の確認で、デスクが一時騒然となった場面に立ち会えたことだ。そんな時は、自分も新聞（実際は通信社だったが）記者になったような気分に浸って陶然としていたものだ。結局、自分は記者になれなかったが、マスコミ報道の表と裏を知ることができたのは間違いない。

まず、日本初のプロサッカー選手となった奥寺康彦の西独プロリーグへの移籍騒動。これは、まだ若手の記者が日本リーグの試合の取材を終えて社に帰ってきて、興奮しながらデスクに報告を始めたことから始まった。アッという間にデスクと若手記者の周りに、当夜の中番の記者の渦ができた。

…………………………………………


「なに、プロ？　ないない……」

「誰から聞いたんだ、ネタ元は……」

「奥寺の話はとれてるのか……」

「誰かから裏は取ったのか……」

「他社は知ってるのか……」

様々な手順を踏んで奥寺のプロ行きの情報の精査をした結果、「限りなく事実に近いが、今一つ決め手に欠ける」ということになり、結局、記事として発信されなかった。この時のデスクを始めとする記者達の短時間での取材ぶりが凄かった。ナイター取材を終えての社内だから、夜の一一時近かったと思う。もう外出して取材できる時間ではないのだが、誰もが一つや二つ、その時間でも、電話一本でネタがとれる取材源を持っていたのだ。

私は高校でサッカー部のキャプテンをした大のサッカー好きであったから、生意気にも、

「奥寺は古河電工だから、きっと長沼さん（元メキシコ五輪銅メダルチームの監督。

故人）に相談しているはずですから、えーと、長沼さんは古河の出身なので、きっと知っているはずですよ」

などと、したり顔でアドバイスしたりした。ところが、これをデスクはとり入れてくれ、キャップは長沼氏宅に電話を入れさせたのである。長沼氏は立場上、当然、移籍の有無を知っていたと思うが、軽々しくも日本初のプロサッカー選手誕生のニュースを、電話取材で一社に漏らすはずもなく、デスクは原稿を没にしたのであった。

しかし、奥寺はこの年（昭和五二年）に、旧西独1.FCケルンのバイスバイラー監督に招かれたのだった。当時、旧西独のプロサッカー1部リーグ、ブンデスリーガは世界最高峰のプロサッカーリーグ。そこで奥寺はスピードと振り幅の小さい左足のシュートを武器に一流選手となり、後に同リーグのベルダー・ブレーメンへ移籍し、バックスとしてもチームに大貢献するほどの中心選手となる。

スクープを逸した若手記者の浅野氏。私より二つくらい年下だったと思うが、「アミシロ、昼メシ食いに行こうぜ」と誘ってくれた優しさは忘れていませんよ。今、浅野氏、まだ現役の記者だろうか。

やはり同じ年、デスクを騒然とさせた選手がいる。サッカーではなく、プロ野球広島の元投手・大野豊である。大野と言えばダイナミックなフォームの左の本格派。先発としても活躍したが、平成三年（一九九一）にストッパーに転向し、一四連続セーブや年間最多セーブなどを記録した大投手である。引退後は全日本チームのピッチングコーチとして、オリンピックに参加もした。

その彼がかつて「軟式のエース」と呼ばれていたことを知る人は少ないだろう。ある夜の広島戦、対戦相手はどこだか忘れてしまった。いつものように夜の一〇時半過ぎにデスクの電話が鳴った。電話口の記者は淡々と試合結果を述べてから、次に記録面の報告に入った。その時、電話をとっていた記者が突然、大声を上げた。

「ナニィー、オオノ？　敗戦処理？　聞いたことねぇーな。広島にオオノなんてピッチャーいたか……。もう一度、公式記録員とこ行って聞いてこい。エッ、もう帰っちゃった。マッタクモー、手間かけさせやがって。とにかく一度切るぞ。あと五分したら、もう一度かけてくれ」

「アミシロ、アミシロ、セ・リーグの選手名鑑持ってこい。えっ、どこにあるんですか？　だと。バカヤロオー！　校閲部行って借りてくるんだよ。まだ覚えていないのか」

もちろん、「ハイ」と言って同じフロアの校閲部にすっ飛んで行き、選手名鑑を借りて分厚いページを繰りましたよ。すると、ちゃんと出ているじゃないですか。

「昭和三〇年（一九五五）、鳥取県出雲市出身。出雲商高卒。出雲信用金庫に就職し、軟式野球で活躍後、広島にテスト生として入団」

どうやら、この夜は大野にとって一軍初登板のマウンドだったようなのだ。というのは、今回調べてわかったのだが、このナイター、対阪神戦で中継ぎとして投げたのだが、なんと三分の一回打者八人に対して五安打二本塁打五失点とメッタ打ちを食らったのである。しかも入団年はこの時しか投げていないので、防御率は135・00という天文学的数字を残した。この汚名をそそぐべく大野は猛練習し、翌一九七八年（昭和五三）のシーズンから、広島の主力投手となっていった。

たった一夜のデビュー登板時に立ち会えたことは、今思えば奇跡のようだ。それにしても高卒後に信金の草野球エースからのプロ入りで、あれだけの実績を残したのは驚きだ。大野がプロ入りしたのは二二歳の時だから、それまでの四年間を軟式投手で過ごしたことが、肩の消耗を防いだのであろう。そんな彼でも、プロの登板は予想以上に肩や肘にダメージを与え、最後は血行障害の悪化で引退した。

さらにもう一人、忘れられない人物がいる。貴ノ花である。未だに彼がもうこの世にいない、ということが信じられないでいる。しかも五五歳というあまりにも若い死であった。晩年は不遇で、夫婦仲も息子達（若乃花、貴乃花）との関係も意に任せず、孤独感にさいなまれていたという。現役時代の稀代の人気力士ぶりを目の当たりにしている身にとっては、そんな消息を聞くと悲しくなった。

私が相撲担当記者の桜井さんに、当時あった蔵前国技館の記者席に連れて行ってもらったのは、貴乃花の四股名に変わった直後だったような気がする。

二年ほど前に初優勝し、兄の二子山から優勝旗を授与されたが、その時の二子山の鬼のようなまっ赤な形相の中にも、今にも泣き出しそうな表情をしかと覚えている。

その後、もう一度優勝したが、二度の綱取りはチャンスを生かせずに終わった。

公称は一八二センチの一〇六キロとなっているが、果たしてそこまで体重があったかどうか。「満はよく稽古する。ワシの内臓を分けてやりたい」と、二子山がよく語ったように貴乃花は内臓が弱く、どうしても太ることができなかった。

二子山の「兄弟の縁を切る」の条件をのみ角界入りした後、部屋で凄絶ないじめに匹敵するしごきを兄弟子達から受けても、貴乃花は水泳で鍛えた強い足腰を武器に、一歩一歩地力をつけていった。それでも、初土俵から新入幕まで三年強を要した。

当日、まず驚いたのは記者席が非常に土俵に近い位置に設けられていたことだ。すぐ目の前は砂かぶりの客席であった。長机の上に各社一台、電話が置かれていた。次に意外にも、桜井さんが私に、

「アミシロ君、この電話は社のデスクに直通だから、五、六番毎に電話して取組の結果と決まり手を送ってくださいよ」

と言うではないか。これでのんびり相撲見物などしていられなくなった。なぜかというと桜井さん、それだけ言うとスーッとどこかへ消えてしまった。結局、記者席に

・・

戻ってきたのは結びの一番が終わった後である。

それこそ目を皿のようにして、すぐそこで繰り広げられている取組に集中した。

「ガツーン、ゴツーン……」

あれは本当である。力士が立ち合いに頭のぶつけ合う凄まじい音がもろに聞こえてきて、最初は怖いくらいであった。素人があの頭突きを受けたら即死してしまうのではないか。勝負が決し行司が勝ち名乗りを上げた後、場内放送が入る。

「只今の決まり手は……」

これを聞いて取組表にメモしていった。もっとも、後からプレスシートのようなものが回ってきて、それに決まり手が書いてあったような気もする。それでも「……送ります。○×と△□は○×の勝ちで、決まり手は……」と電話するのは、なんとなく晴れがましかった。

当夜の貴乃花は、相撲評論家の誰かが評した如く、まさに「軟体動物」であった。兄の二子山も、「かかとに目がついている」と言われたほどの小兵をものともしない粘り腰を持っていたが、貴乃花はそれに稀にみる柔軟さを加味していた。

小兵ながらも頭から当たってまわしをつかむ、どこまでも正攻法の攻めだから、土俵際に追い込まれるのが常で、そこから驚異の粘り腰で逆転勝利。人呼んでこれを「サーカス相撲」「ハラハラ相撲」と言った。

伝説の取組となった北の富士、高見山との二番はテレビで見た。どちらも信じられないような体の柔らかさと、強靱な足腰の為せる技であった。北の富士戦などは、一瞬、プロレス技のフロントスープレックスが出たかと思ったが、結局、北の富士のついた手は庇い手とされ、貴乃花の負けとなる。高見山戦は大小の組み合わせが人気取組となり、いつやっても熱戦となった。ある時、高見山の小手投げを足一本で裏返されるのをこらえにこらえたが、一瞬、貴乃花の髷が土俵に触れたので負けとされてしまった。

さて、その夜の対戦相手は思い出せないが、やはり立ち会い一気に土俵際まで押し込まれてしまった。辛うじてまわしをつかんでいたが、貴乃花の体が右に左に土俵際で裏返りそうになる。二度、三度、半身、片足で相手の投げをこらえ、最後は体を入れかえて寄り切ったと思う。目の前で繰り広げられた「ハラハラ、サーカス相撲」

に、すっかり魅了されてしまい、手には本当に汗をかいていた。

打ち出し太鼓の音が聞こえてきた頃、どこかからか桜井さんが現われ、

「どうだった、アミシロ君。面白かった。それはよかったね。アミシロ君は呑める口なんだって。今夜は仕事はもう終わりだ。浅草に出て一杯やろうや……」

連れて行かれたのは浅草駅すぐ横の商店街にある居酒屋。店名が確か「貝屋」といった。と言って貝類専門店ではなく、刺し身も焼き物も煮魚も出す魚介類が売りの店だった。これは今でもあり、浅草に出た夕に、時々、カウンターに腰を下ろしている。一度、お礼かたがた桜井さんと一杯やりたいと思っているのだが、お元気であろうか。

　　　　　　　　　　　　　　　　　　　　　

日本初のプロサッカー選手誕生、後に大投手となるピッチャーの記録的な防御率での敗戦登板、当代の人気力士の活躍……という頃の川上は、V9監督の威光の元、公共放送のプロ野球解説者として悠々自適の野球人人生を歩んでいたことになる。そんな秋の一日、NHK記者のSP達に守られて、神宮外苑絵画館前球場での草野球大会

に現われたのである。

しかし、彼が歴史を築いたと自負した巨人はもう彼の栄光を必要とせず、ロマンを野球に求めるカンピューター野球と呼ばれた長嶋巨人に人々は熱中していた。「みなさん、お上手だ」のコメントは、案外彼の本音だったかもしれない。もう自分の出る幕はない……。

これも後に知ったのだが、川上の退団後のＮＨＫ入りは、故正力亨オーナーが大の長嶋派で、川上を石もて追う如く扱ったことによるという。まさに読売に彼の居場所はなくなっていたのである。

7 究極の打撃論

世評で言われるほど川上には卓越した戦術眼やチーム組織論はなかったと思う。ただし、常勝を宿命とした彼は意外にも周りに優秀なブレーンを集め、「司は司」でコーチ連に権限を与え、それらを自由に機能させるマネジメントの才に恵まれていた。

それを開花できたのは「打撃の神様」としての圧倒的な実績と重厚な性格で、周囲を威圧できたからであろう。「ボールが止まって見えた」という川上の打撃論とは、どのようなものであったのだろうか。ただ拍子抜けさせるようで申し訳ないが、彼が提唱した「ダウンスイング」は、現在のプロ野球では主流となっていない。

元来、野球は「一人一理論」と言われるほど、技術の統一が至難な競技である。テレビの日曜日の朝の名物コーナーで、張本勲が川上の死を悼んで、

「自分らのような迷える打者と違って、川上さんは一旦バッターボックスに入った

ら、微動だにしませんでしたからね。私らみたいのは、足やひざでタイミングをとったり、グリップの位置を上げたり下げたりと迷いが出て動きがちになるもんなんです。しかし、川上さんは全くそういうことはなかった。私らじゃ、とうていできませんでしたね……」

という趣旨の発言をしていた。

これぞ、川上が禅の心を借りてまで追い求めた不動心。彼が最後の著書になるであろうからと名付けた二〇〇三年出版の『遺言』から、この不動心を見てみた。

――――・――――・――――

わたしはホームランを打つための練習などしていない。好打者の狙いは常にジャストミートにある。いつも結果として二塁打を心掛けるのだ。ジャストミートを心掛けていると、コースが甘かったり、高めにきた球はホームランに結びつく。従ってわたしの狙いはいつもライナーで、二塁打を放つことにある。

初めにジャストミートあり。ホームランよりも二塁打を。バッターボックスで結果にとらわれていてはジャストミートはできない。ジャストミートに集中した時、ジャストミートの結果がヒットになり、ある時にはホームランになる。ディマジオの著書を読んで、わたしはホームラン狙いのバッティングをやめ、アッパースイングからレベルスイング—水平打法へと切り替えた。

ディマジオは日本びいきの選手で、マリリン・モンローとの新婚旅行で日本に立ち寄ったり、日米野球でも何度か来日しているが、この時期、１９５０年（昭和25）の秋にも野球教室を兼ねて来日した。この時に改めて彼のバッティングを見たのだが、バットをやや寝かせ気味にしたレベルスイングで、球から目を離さない証拠に、顔の位置がまったく動かない。彼のそのバッティングをわたしは目に焼き付けたものだ。これ以降、テキサスの哲から、わたしは「弾丸ライナーの川上」と呼ばれるようになった。バッティングのコツを得た、という確信を得たのはちょうどこの年、三十歳の時だった。九月初め、多摩川での特打の最中のことだ。打ち込んでいるうちに、きた球がふっと打つポイントのところで止まって見える。止まって見えるその球を、すかさずしゅっと打つ—そんなリズム、そんな呼吸が生まれてきたのである。

無我夢中で約一時間、三百本以上打っていたのだと思う。バッティングの工夫に取り組んできたわたしの一種の感覚の飛躍―大きな壁を突き抜けたという自覚を得た瞬間だった。

・・

また子息の貴光氏によると、「父は、不安や迷いなしに打席に入りたい。仏教用語でいう安心立命の境地に入りたくて練習した。兵隊にいったのも、戦地で弾丸の下をくぐれば、その境地に立てると思ったからだ、とも言ってました。打者としては、不安から解放されることがなかったのではないでしょうか」(二〇一三年一一月一五日号 週刊朝日)となる。

ここまでくると、確かに川上は野球人というより悟りを求める求道者のようである。しかし、彼のバッティング開眼のきっかけとなったのが、ジョー・ディマジオだったとすると、長嶋との共通点が見出せるから不思議だ。長嶋は大のメジャーリーグ好きで、中でもジョー・ディマジオに憧れていたという。

ディマジオといえば「五六試合連続安打」。メジャーの巨人とも言うべき人気実力球団、ニューヨーク・ヤンキースの伝説的選手。引退後にマリリン・モンローと結婚し、新婚旅行で日本を訪れたりと、私生活でも華やかさをまきちらした。そんなディマジオが川上と長嶋のお手本となったのが面白い。

そのディマジオのスイングを、川上は「レベルスイング」と評しているが、V9巨人の頃は、「ダウンスイング理論」が球界を支配していた。これは、川上巨人がメジャーのドジャースのキャンプに参加した時に、日本に持ちかえった打撃理論である。川上はよく「グリップよりヘッドが高い位置を保ったままインパクトまでバットを振り下ろす」などと解説していたそうだが、我々のような草野球レベルには「バットを大根切りのように振る打法」と映った。昔、大洋で「ライオン丸」と言われたヒゲ面で暴れん坊で、巨人に移籍したらあっさりヒゲを剃り落とし紳士然となってしまったシピンの打法とでも言えばよいだろうか。

もう一つわかりづらいのは、川上の現役時のスイングはレベルに近く、決してダウンに振り降ろすことなどなかったという点だ。このように打撃論というのはややこしい。だから「一人一理論」などと言われている。だが難しい理論的なことは抜きにして、バッティングとは結局、「動くか動かないか」に集約されるのではないかと思う。

「反動をつけるかつけないか」と言い換えてもいいかもしれない。私はかつて中学の野球部監督時代、野球経験のあまりない部員によく次のように言って聞かせ、自らバットスイングして見せた。

「ゴルフは地面に置かれたボールを打つ。だから、こんな風に自分の体を動かさなければ、うまくボールを打てない。ところが、野球は投手の投げる、速く動くボールを打たなくてはならない。さっきのこういう動きのゴルフ打法では、まず投手のボールは打てない。バッティングでは、必要最低限の体重移動しかできないんだ。ただし、動くボールをとらえる眼、つまり顔は動かしてはいけない。そのためには、足を上げて頭を上下動させて反動をつける打ち方はすすめられないな。それで長打は出るかもしれないが、遅い球しか打てない。無駄な動きをせず顔も動かさないためには、投球と同時にグリップを捕手よりに小さく引いて、前足はすり足でステップして打つ方が確実性は高いぞ……」

当時はさほど意識していなかったが、この教え方は川上の不動心につながるものであったようだ。そして、今日では日本球界の大方の打撃指導者達は、この川上の理論を支持している。古くはＶ９戦士で生涯三割を打つことなく二〇〇〇本安打を達成した柴田が、一時、左打席でバットを顔の前に置くアドレスをとっていたことがある。

これを元大洋のポパイこと長田が、

「柴田も考えていますね。あれだとバットを構えた位置から打ちにいけないから、一度左肩の方にテークバックするので、体も頭も前につっ込まないですむからね……」

と、テレビで解説しているのを聞いて驚いた。

ポパイ長田といえば、金網フェンスをよじ上り、試合中にスタンドに飛び込み、汚いヤジをとばし、ウィスキーのびんを投げ込んだ男を追いかけようとした野獣派だ。打撃も豪快の一語。当たればホームラン、当たらなきゃ三振といったタイプ。事実、五試合連続ホーマーをかっ飛ばしたこともある。

そんな彼から、先のような理路整然とした、バッティングで一番難しいと言われるタイミングのとり方が出てくるとは思わなかった。ことほどさようにバッティングとは悩ましいものであるようだ。

しかし、この理論は唯一絶対、普遍性のあるものなのか。結論から言ってしまうと、私はないと思っている。なぜ、そう思うようになったかというと、あるゴルフ理論を知ったことと、助っ人外国人選手のバッティングスタイルによる。

まず、ゴルフの世界では頭と顔を動かさずに体の軸を固定してスイングするのは、もはや古い理論とされている。和製ビッグ3の一人とされた杉本英世は、日本人初の米プロゴルフツアーへの参戦者だが、その彼が外国人選手のスイングを見て気付いたのだ。「頭を動かすな」という理論は、手足、首の長い外国人のための理論だ。体格で欧米人に劣る日本人には、バックスイングで一度、体重移動をして後ろ足に二軸目を作り、そこからためたパワーを一気に解き放つスイングが必要だと。

野球界は今、落ちる球全盛だから、ボールの落ち際をしっかり見届けるためにも、重心をしっかり後ろ足にため、小さな前足のステップで球を確実にとらえる打法が良しとされている。大きな重心移動（一本足など）や前足を強く踏み込むなどは理解をあまり得られない。名投手、大投手と言われたピッチャーが好打者を評する時によく、「前に突っ込まず、後ろにそっくりかえらず、軸のぶれないいい打者ですよ」という表現を使う。大リーグの打者のように前足を強く踏み込んで打つ打法だと、フォークボールなどの見極めが早くなり、空振りが多くなるとも言う。

しかし、日本のプロ野球で輝かしい実績を残した外国人打者達、バースやオマリーなどは、前足を強く踏み込む大リーグスタイルであった。オマリーなどは、インパクトの瞬間に後ろ足が地面から浮くほどで、「逆一本足打法」などと、確か中西太が名付けたほどだ。

長嶋も動く打者であった。特に入団直後の頃は手を動かしてタイミングをとりがちだった。この手がインパクトの直前に上下動することを「ヒッチ」といって、球界には「ヒッチをする打者は三割打者になれない」という格言があり、これは今でも生きている。

川上が入団時の長嶋のヒッチ打法を見て、「不思議な打者がいるものだ」と言ったらしいが、この時点ですでに川上は長嶋を「自分を否定する存在」と見なしていたのではないだろうか。あまりに自分と違いすぎる野性の本能を発散させる長嶋は、川上の目には異星人と映ったかもしれない。

いくらバッティングは難しいと言われても、我々のような草野球愛好家にとって、バッティングが野球では一番面白く楽しい。どんな野球愛好家でも「これだ」と感じた打席を持っているのではないか。まさか「球が止まって見えた」などと言うわけもないが、「会心の当たり」を経験しているはずだ。私にもむろんある。残念ながら小学生相手のゴムバットとゴムボールでの原っぱ野球のことではあるが、その時の手の感触は還暦を過ぎた今でも、しかと残っている。

私の野球歴といえば、長嶋の昭和三三年（一九五八）巨人入団とピタリ重なっている。この年に小学校に入学して、野球が生涯の友となり、中学では当然、野球部に入った。サードで四番を目指したのは当然だが、右ヒジをリウマチ性の慢性関節炎に冒され、二塁手転向を余儀なくされた。

中三最後の大会、七番二塁手で先発出場した。身長一六〇センチ足らずで体重は五〇キロあるかないかだったと思う。それでもバットを目一杯握り、ブンブン振り回していた。最終回2アウト満塁で打席が回ってきた。一、二点のビハインドであったろう。負けていたのは確かだ。それまでの三打席ともレフト、センターへのいい当たりの、しかもかなり深いフライアウトという結果だった。しかし、監督の柴田先生は、打席に向かう私を呼び止めタイムをとり、こう言った。

「ここでスクイズバントはどうだい？　今日の君の打球を見て内外野とも2アウトなのに、けっこう深く守っているしな。バントはいい手だと思うんだが……」

「バントせよ」という監督命令ではなく、私の意志を確認してくれたのだ。これで助かったと思った。実は前三打席と違って、この局面に私は極度に緊張してしまっていて、バットを振るどころではなかったのだ。なるべく早く打席を終わらせたいと念じていたくらいだから、「ハイ、僕もバントを考えていました」と即答したのである。実はこの場面で、確実にスクイズバントすることは、とてつもなく難しいことであるのだが、この時はわかりはしない。

タイムをとったことで、相手チームもコーチからの指示を伝令役の生徒が持って、マウンド付近に集った選手達と何やらヒソヒソ話を始めた。今思い返してみると、この選手達、しきりにセカンドベースの方を確かに何度も見ていた。

さて、プレー再開。私はバットを固く握りしめ、バントの気配をさとられないように構えた。審判の「プレー」のかけ声。ピッチャー第一球目を打者に向かって……なんと投げなかったのである。そうセカンドランナーへのピックオフプレーを試み、ベースに入ろうとした遊撃手がものの見事に二塁ランナーを牽制死させた。二塁ランナーはリードした位置から一歩も動けず、その場でアウトになりゲームセット。

私の中学校時代、最後の打席は何もせずに終わってしまった。そしてホッとしたのであるから情けない。

この程度の打者でも、原っぱゴム野球での完璧なホームランの感触は忘れないのである。そして勝負強い打者とは、打席を早く終わらせようとせず、自分にボールカウントが有利になるまでじっくり待てる打者のことだ、とも知った。特に左打席でのホームラン時、柴田（巨人）のマネをして左肩の上でトントンとバットを叩き、振り出してミートした瞬間、本当にインパクトの場面がこの目でとらえられたのである。そして、手には全く衝撃が残らなかった。それほどバットを振り出す角度、体重移動、力の入れ方、ボールをバットの芯でとらえる……などが一瞬の内に完璧に行われたということであろう。だが、次の打席で今度は右でさっきの当たりを再現しようと思ったが、力むばかりでボールが上がらなかった。これ以降、何度も「あの打席」の再現を試みたが、二度と戻ってはこなかった。私のバッティング開眼は、二五歳の年、少年相手の草野球の一瞬の出来事となった。

二〇一三年の一二月二日、都内のホテルで盛大に「川上哲治を偲ぶ会」が開かれた。現在の球界を代表する超大物OBが多数参列し、マスメディアは大きく取り上げた。今さらながらに川上巨人のV9の偉大さを思い知らされる一方で、昭和野球の終焉を象徴するようでもあった。王の弔辞は新聞、テレビ、ラジオいずれでも報じられたが、それよりも印象深かったのは野村と星野のコメントだ。

あの容易に人をほめない野村でさえ、川上のV9は南海との日本シリーズで始まり、自分が監督だった南海とが最後だったはずと何か因縁めいたものを感じると述べ、川上への絶対的な尊敬を隠さなかった。

父親を早くに亡くし、川上を〝オヤジ〟と慕った星野は、かつて川上に王や長嶋がいたら誰がやったって優勝できるでしょう、ときつい冗談をとばしたら、お前でも三、四連覇ぐらいはできたろうが、九連覇はワシにしかできなかった、と確信に満ちた返事がかえってきたことを披露していた。

星野は監督になって川上に倣い背番号を77としたが、その77に意外なエピソードが込められていたことを、果たして星野は知っているのだろうか。川上は昭和三〇年代に流行ったアメリカの人気テレビドラマ『サンセット77』から77を採ったというのだ。

重厚寡黙のイメージと違って、案外、モダンな一面が川上にはあったらしい。それを押し殺して、常勝のためには選手のトレードやコーチ人事を非情に徹して行った川上も、この夜ばかりは球界の大物弟子達に偲ばれて、祭壇の底で、好々爺のような笑みを浮かべていたのではないか。

それにしても、正月休みの運動部のデスクの上には一升びんがデンと置かれ、政治部や経済部が閑散としている中で、茶わん酒を飲みながら、我々〝坊や〟達はサッカー、ラグビー、スキー、スケートなど続々と送られてくる電話原稿を、ひたすら筆記したものである。そんな日常の晩秋の一日に川上の「みなさん、お上手だ！」の一言を聞くことができたのは、この上なく貴重な体験だったと思う。しかも、川上の視線の先には、マウンド上の私がいたのである。

川上と長嶋は陰と陽、静と動、リアリストとロマンチスト……対極にある二人だと思っていた。ところが、ある日、私の住んでいる地方紙のコラムに、村松友視氏の興味を引かれるエッセイが載った。それには川上と長嶋の出会いの年（昭和三三年）の対西鉄との日本シリーズの最終戦で、長嶋が完封負けを免れるランニングホームランを打った時の情景が生き生きと描かれていた。

この日本シリーズは、プロ野球史上の伝説となった三原率いる西鉄ライオンズが、三連敗から奇跡の四連勝を果たし日本一に輝いた、永遠に色あせることのないシリーズとなった。最終回を迎え巨人は六点差をつけられ、敗色濃厚となっていた。そんな中で長嶋は、遮二無二四つのベースをむきになって駆け抜けていったのである。小学校一年生だった私もこのシーンはしっかり覚えている。長嶋はまるで何かに怒っているようにダイナミックに走り、ホームベースに滑り込み、セーフの判定を受けた後のテレビに映った表情はいきり立ち、少し泣いているようにも見えた。

そのシーンの謎が解け、川上と長嶋の意外な蜜月時代を知り、がく然となった。

長嶋は『燃えた、打った、走った！』という著書の中で、こう述べている。


――――・――――・――――


……点差は6点。絶望的な最終回の攻撃で、ぼくは先頭バッターとして打席にむかおうとして、ベンチにおいてある自分のバットを探した。

そのとき、

「これを使ってくれ」と、1本のバットを差し出してきたのが川上さんだった。

「……いいか。ワシのこのバットを使ってホームランを打ってきてくれ」

川上さんは、そのころ右足を痛め、自転車の古チューブで足を縛りあげて試合に出ていた。ロッカールームでユニホームを着る前に、そのチューブの上に包帯を巻いている姿を何度か見た。

その川上さんが、日本シリーズ最終の打席に、自分が愛用していたバットを使ってくれという。バットを通じて、ぼくに託そうとしたものはなにか、ぼくにはそれが痛いほどわかった。

――――――・――――・――――

そして、シリーズ終了後に川上は通算二三五一本の安打の記録を残し、日本初の二〇〇〇本安打者として引退した。その後を継ぐのが長嶋の宿命となったのである。つまり、巨人の四番で彼ら二人を超える存在は、未だに現われていないのであり、川上と長嶋はやはり強い絆で結ばれていたのである。

僕の昭和歌謡史　2

1 初恋の人と歌謡伝説

時代は昭和四四年（一九六九）。東大安田講堂を巡る警官隊と全共闘闘士の息をのむ攻防戦、東名高速全線開通、いざなぎ景気……。どれをとっても、日本はまだ高度成長に酔っていた。僕は私立男子高の三年生。

テレビでは各局が歌謡番組でしのぎを削っていた頃だ。その中で、かなりの視聴率を稼いでいたのが、フジテレビの『夜のヒットスタジオ』という生番組である。司会が前田武彦と芳村真理。前田は大橋巨泉と並ぶマルチタレントぶりで、かなりの人気を得ていた。しかし、この番組で失言事件を起こし、アッという間にテレビ業界からパージされてしまった。放送中に、何かの選挙にかこつけて「共産党万歳」と叫んだことが原因と言われている。

当時は『夜のヒットスタジオ』に出られることが、歌手にとっては一種のステータスとなっていた。小川知子が、なんと初回に出演していたとは知らなかったなぁ｜。

「そよ風みたいに忍ぶ
あの人はもう
私のことなどみんな
忘れたかしら」

『初恋のひと』を歌っていた頃は二〇歳前後だっただろう。しかし、彼女は歌手より前に東映の女優として芸能界にデビューしていた。主演したのは『大奥㊙物語』。これで新人賞を取っていたとは驚きである。

歌でも『ゆうべの秘密』（昭和四三年）を出してヒットさせている。吐息ボイスと言われた独特の声とタッチに、僕はすっかり参ってしまい、一時は駒込の高校に通うための定期券入れの中に、彼女の写真の切り抜きを入れていたほどである。

男心をくすぐる吐息声と容姿の持ち主で、恋多き女でもあり、若い時から数多くのゴシップを撒き散らしていた。

恋人と言われたレーシングドライバーの福沢幸雄（諭吉の曾孫）から『夜のヒットスタジオ』に生電話がかかってきた時の、彼女の恥じらいぶりは意外だった。

・・

「もしもし、福沢です。ねぇ、また今度、何か美味しいものでも食べに行きましょうよ」

福沢が電話で言うと、小川は真っ赤になり、「ハイ、ハイ、エー……」ぐらいしか言えなかったのだから。

この福沢は確か母親がギリシャ人で、ハーフ特有の彫りの深いマスクの、実にイイ男だった。一時期の韓流スターなど問題になりませんよ。まず、福沢諭吉の子孫という高貴の血筋、紳士然とした言動に振舞い、しかもレーシングドライバーという当時の日本では珍しい存在で、無類の二枚目。

その恋のお相手が吐息ボイスで人気上昇中の若手女性歌手ときては、マスコミが放っておくわけがありませんよね。

この時、スタジオ内の若い女性歌手達は、心底、小川知子をうらやましそうに眺めていた。司会の前田武彦さえ、嫉いているような感じだった。もっとも、この頃の彼は、人気に溺れて大物気取りで、若い女性タレントにすぐ手を出す、とひんしゅくを買ってもいたが……。

ところで、この前田武彦に当代の芸人、タレント、役者の目利きである小林信彦氏が、『釣りバカ日誌』での脇役ぶりに高評価を与えていたのは意外な気がしたものである。

小川知子の人気が高まり、『初恋のひと』をリリースしたのが昭和四四年（一九六九）の一月。まさかその一ヵ月後に、とんでもない悲劇が彼女を襲うとは、誰が予知できたであろう。

恋人と騒がれていた福沢が、テストドライブ中の事故で突然、世を去ったのだ。その夜だったかまでは定かではないが、『夜のヒットスタジオ』で、悲しい伝説の放送が流された。しかし、最近ネット上で「実はこれはやらせだった」という情報を目にし、大ショックを受けた。

それでも、当夜の生放送の模様を再現してみよう。司会の前田から福沢との電話のやりとりを録音したテープを受け取り歌い始めると、小川知子は激しく嗚咽し、泣き崩れる。

「そよ風みたいに忍ぶ

あの人はもう
私のことなどみんな
忘れたかしら
……
なぜだか逢えなくなって
恋しい人なの～」

これを歌い切れというのは酷というものだ。しかし、視聴者という存在は残酷で、こんなシーンを見世物として楽しむものである。それでも、思い出の電話のテープを握りしめて必死に嗚咽をこらえ、歌おうとする彼女の姿は涙を誘う。

でも、こんなシーンがすべて仕組まれたヤラセであったとしたら……芸能界というのは、恐ろしい世界ですね。こうなると、彼女以外の号泣シーンも疑ってかかりたくなってくる。

たとえば、渚ゆう子の『京都の恋』。この曲は当時人気絶頂のエレキバンド・ベンチャーズが作曲したことでも脚光を浴びた。確かジャポップス（ジャパニーズポップス）とかJポップという言葉は、この頃に言われ出したと思う。その渚ゆう子が『夜のヒットスタジオ』に出てこのヒット曲を歌い出すと、すぐに号泣し始めました。この場面を僕はオンタイムで見ている。小川知子の時は、必死に悲しみに耐えてすすり泣くような嗚咽だったが、渚は人目もはばからず、ウォーウォーという激しい泣き方で驚いた。

これは後になって、当時付き合っていた恋人と別れたばかりの渚が、精神的に不安定になって号泣したと報道された。

当然、当夜のスタジオは生だから騒然となり、渚の泣きじゃくりながらの「スミマセン、スミマセン……」の連呼の途中で、歌は打ち切られたのを覚えている。

一説によると、この恋愛で彼女は所属事務所とのトラブルを抱えていたとも言われた。これ以後、彼女のテレビ出演はめっきり減ったから、話題作りのためのヤラセだったとは思えないのだが。

それにしてもこの歌を作曲したベンチャーズは元気ですな。主要メンバーはそろそろ八〇歳に手が届くのではないか。今でも年に一度は必ずと言っていいほど、日本各地をツアーして回っていく。

僕はとうとうエレキは弾けずのままだが、ベンチャーズのインストルメンタルな曲に合わせ、今で言うエアーギターをやっていた。先日、テレビでバンド結成時からのメンバー、ノーキー・エドワーズとカーク・ダグラス似のドン・ウィルソンを見たが、二人とも憧れていた頃のイメージが十分に残っていて、嬉しくなった。僕が最も贔屓にしていた天才肌のドラマー、メル・テイラーが亡くなったのは残念だったが、その後を息子が継いでスティックを握っているのも嬉しいじゃないですか。日本をツアーして稼いでアメリカに帰っていくベンチャーズ。彼らは元々、アメリカでは電器屋さんだったとか……。もし本当だったら、これも嬉しいなぁー。

今はＡＫＢ全盛時代で、おじさん達のおっかけまで出てきた。しかし、僕がニキビ顔（実は体質的に全くできないのだが）の高校時代、憧れの女性タレントは、少なくとも一八歳以上で、二二、二三歳頃に人気のピークを迎えることが多かったように思う。だから、高校生の目からすると、大人の女性を感じた。その内の一人が、小川知子だった。お色気とは微妙に違ったフェロモンを放つ、絶対に自分の周りにいるようなタイプではなかった。

その点が、今のＡＫＢを代表とする「ガール　ネクスト　ドア」タイプと決定的に違う。

福沢の死後、一九七〇年代に入ると、小川知子は映画、テレビの世界でも人気を得て、私生活でも恋多き女として数々の浮き名を流した。歌舞伎出の俳優・林与一と一度は結婚もした。

ところが、どういうわけか、ある時から新興宗教にのめり込み、オカルト的発言を連発するようになり、マスコミから奇人扱いされ、めっきり芸能活動での露出が減った。最近ではカラーコーディネーターの資格を得て、多方面で活躍しているそうだが、やはり、「あの人は今」状態の観はいなめない。僕にとっては、「懐かしがっても遠い、夢の人なの」だ。

そして『初恋のひと』ほど、カラオケで僕のキーが合う歌はない。力まずに音程も狂わずに滑らかに歌える貴重な歌なのだ。この年になって初めて、歌詞をかみしめながら思い出が詰まった曲を、向こう受けを狙わずに自分のペースで歌う楽しさを知った。

最近、テレビでカラオケマシーンを使った不可解な番組が流行っている。シリーズ化されているほどだから、そこそこの人気もあるのだろう。

プロの歌手が自分のヒット曲を、歌の上手い芸人やタレントとカラオケ対決するという代物。この番組の凄いところが、プロの歌手の方が対戦者より低得点で、予想外に負けてしまうところだ。しかも、かなりの大物歌手でも敗れてしまい、リベンジを期して再対決しても、また負けてしまったりする。

僕が見た中では、大物女性演歌歌手が自身の大ヒット曲で負け、「私、歌が下手だから……」と、憮然としてコメントした時が、一番ハラハラした。

「ここまでやって大丈夫なのか……」

「まさかヤラセではないだろうな」

たぶんヤラセではないだろう。と言うのは、カラオケマシーンは歌の巧拙を判定する機械ではないからだ。あくまで原曲（音符）にどれだけ忠実に歌っているかを数値化するもので、言わば正確さを測るマシーン。マシーンだから心は入らない。音程はむろんのこと、曲のワビ、サビを自分なりに演出すると、マシーンはそれを否定し、低い点しか出さない。

歌手は同じ歌を何百、何千、いや何万回と歌う。故尾崎紀世彦のように、その日の体調や客層、与えられた時間等で、微妙に歌唱に変化を持たせ、一曲を自分のものとして楽しむ。その点、挑戦者はプロの歌手に勝つことに専念し、ひたすらマシーンに忠実に歌う練習を積んでくるので、時に超意外な番狂わせが起きても不思議ではないわけだ。

歌の上手いタレントはいっぱいいるが、女性タレントの誰かが、『初恋のひと』を物凄く上手く歌ったとしても、僕の心は全く動かないだろう。司会に紹介され、セクシーな微笑をたたえ、それでいてちょっと恥じらいながら登場してくるシーンまでは真似できない。

塩澤実信氏が『昭和の流行歌物語』の中で述べているように、「歌は時代とのキャッチボール。時代の飢餓感に命中することがヒットではないだろうか」と思う。『初恋のひと』は昭和四四年（一九六九）が求めたヒット曲で、その時代を背負って歌い、初めて輝きを放つのだ。

いくら楽曲を忠実にコピーしたとしても、その裏にある時代までをコピーすることは、絶対にできない。

それでも、歌っている時は、誰でも一瞬、スターになれるカラオケですから、良しとしますか。

2 日比谷公園のロザンナ

『黒ネコのタンゴ』と『圭子の夢は夜ひらく』の大ヒット、レコード大賞に『今日でお別れ』が輝いた昭和四五年（一九七〇）には、異色のデュエット曲もヒットした。

「(女) 自由にあなたを　愛して愛して
　私はこんなに傷ついた
(男) たとえば二人で　命を絶てば
　微笑みさえも　消える」

ヒデとロザンナの『愛は傷つきやすく』だ。

この二人に日比谷公園で、偶然、しかも近くで会えたことが忘れられない。この歌のヒットから五、六年は経っていたと思う。

当時、僕は二五、二六で、ある通信社の「坊や」と呼ばれる電話原稿の聞き書きや、原稿運びのアルバイトをしていた。ファックスはまだ普及しておらず、記者が取材現場から電話で速射砲の如くの早口で原稿を送ってくる。それを僕達「坊や」が聞き取り、文字に起こすわけだが、僕はこんな恥ずかしいバイト伝説を残してしまった。

（記者）「京都競馬終わりました。送ります、天候晴れ、芝、ダート良……」

（僕）「はっ、あのうー『シバダートリョー』という馬は、出走馬の中には見当たらないんで……」

（記者）「バカ！　代われ代われ！」

スポーツ新聞の記者を目指していたものの、ギャンブル系は全くダメだった。それでも、記者さん達には、本当によく可愛がってもらった。箱根駅伝の時、記録をもらいに、社旗を立てた車でテレビ局まで行かせてくれたりもした。それでも、バイトといえども、仕事には厳しかった。

電話で送られてくる記者さん達の口述原稿を素早く書きとれるようになるまで、半年くらいはかかった。つまり、どんなジャンルのスポーツでも、広く浅く知るようになるのに、それくらいかかるということだ。半年ほどすると、記者さんから指名を受けて原稿をとるようになった。

当時の運動部記者は、まずプロ野球の担当球団をカバーし、その他、国体にある競技はどれでもこなす。そしてスキー、スケート、ジャンプなどのウィンタースポーツを取材する、といった感じだった。つまり、プロ野球の一月早々の自主トレから入り、日本シリーズまで取材し、すぐにラグビー、サッカー、ウィンタースポーツと一年中休みなしである。今は、Jリーグもほぼ一年間の取材が入るから、少々スポーツが好きだからといって、スポーツ記者になれるものではないだろう。僕も「坊や」を経験し、そのことを実感した。

それでも記者さん達は「部長に頼んでやるから、社員登用試験を受けろよ」と、応援してくれた。そんな心優しい記者さん達と昼休みにキャッチボールをするのが楽しみだった。通信社は古い建物である日比谷公会堂の中にあった。その日の中番の若手記者さん達と僕達「坊や」は、公会堂脇のちょっとしたスペースでキャッチボールをするのだ。僕は得意のプロ野球選手の形態模写を披露して、かなり受けていた。

・・

そんなある日、キャッチボールをしていたら、ヒデとロザンナが歩いて来るじゃありませんか。遠目でも一目でわかった。オーラを漂わせながら、特にロザンナの周りには別の空気が流れ、スラリとしたスリムな体型に、流れるロングヘア、きれいでした〜。

オーラ漂う彼女が、キャッチボールをしていた僕達に、何度も「スイマセン、スイマセン」を連発するのだ。ロザンナはきっと、自分達（ヒデとマネージャーらしき男性と一緒だった）が、キャッチボールの邪魔になると思ったのだろう。なんという気配り、神経の細やかさ、それに彼女の物言いのどこにもスター気取りの高慢さは、少しも感じられなかった。

隣のヒデこと出門英は間近で見ると、渋い二枚目で魅力的な笑顔を投げかけ、「スミマセンね」と、ロザンナに合わせるまさにお似合いのカップル。

僕達が二人に気付き、そのスタイリッシュな日伊の夫婦デュオが、僕達の傍らを通り過ぎて行くまで、時間にして五分ぐらいだっただろうか。その間、僕達は皆二人に見とれていた。
「(男)　よみがえる愛
(男女)やさしい言葉で
なぐさめつつんで
そして結ばれた」

当時としては異色の、いや今でもあまり例がない、国際結婚カップルのデュエット歌謡は、もう二人を越える存在は出現しないだろう。それほどのインパクトを放ったヒデは、その後、末期の結腸ガンを患い、わずか四七歳で早世してしまった。資料を見たら、僕が二人を日比谷公園で見かけたのは、二人の結婚の一、二年後のことのようだ。

この二人の結婚は、人気絶頂時に抜き打ち的にハワイで挙式したため、芸能界でスキャンダラスに扱われ、一時、二人は干されてしまった。歌う場を完全に奪われてしまった二人に、救いの手を差し伸べたのが故勝新太郎だ。

ちょうどその頃、勝は『痛快！　河内山宗俊』というテレビ時代劇を勝プロで撮っていた。僕は昭和五〇年（一九七五）の放映時には全く見ていなかったが、後の深夜の再放送を見て、止みつきになった。勝と言えば『座頭市』で決まり。でも、変にこねくり回して芸術家気取りで撮ったテレビの『座頭市』よりも『河内山宗俊』の方が、僕はよほど勝の陽性の悪漢ぶりが出ていたと思う。

この番組の主要キャストの一人に、パージされ、歌う場を奪われ落ち込んでいたヒデを、勝が京都に呼び寄せたのである。

後年、テレビのトーク番組でロザンナが、

「私とヒデがいい時は、周りに人がいっぱいいたんだけど、落ち目になったら、みんな寄りつかなくなっちゃった。そんな時に声をかけてくれたのが勝さん。本当に良くしてもらったの。感謝している。ヒデもうんと可愛がってもらったのよ。どれだけ救われたかしら」

と、語っているのを見た。

今、キャストを見ると、その豪華さに息をのむ。主役の勝はもちろん、ヒデを始め当時の人気者がしっかり脇を固めている。

・河内山宗俊─勝新太郎
・お　滝───草笛光子
・片岡直次郎─ヒデ
・金子市之丞─原田芳雄
・丑　松───火野正平
・お千代───桃井かおり

ヒデの直次郎はなかなか洒脱な味を出していたが、それも彼の芸能界へのデビューの経歴を知れば、納得がいく。ヒデこと出門英は、日活の第六期ニューフェースで銀幕デビューをしていたのだ。丑松役の火野正平と軽妙なやりとりを見せていたのも当然だろう。

僕は丑松がメインのエピソードが特に気に入った。こんな泣かせる筋立てだったが、ちょっと紹介してみよう。

丑松は故郷から江戸に出てきた母に、旗本武士と身分を偽り、いい所を見せたい。そこで河内山一家が、人情味あふれる大芝居を打つ。丑松は伝馬町の牢に押し込まれ、身動きがとれない。それではは母に顔向けできない。宗俊は医師に化け、伝馬町の牢に乗り込む。丑松は伝染病にかかったと偽り、まんまと出牢に成功する。

次に打った手は、河内山一家総出で「旗本・丑之進」様の御母堂滞在の屋敷に、丑松を送り届けることであった。

その夜、母の布団に潜り込み、たまらず洩らす丑松の「かーちゃんー」の泣き声に、宗俊一同も思わずもらい泣きする。母はとっくにこの一計に気付いていたのだが、上手にだまされていたのであった。

「丑松や、お前にはいいお仲間がついていて幸福者だ。母ちゃん、安心したぞ。お仲間を裏切るような悪さをしちゃなんねぇぞ」と諭す。


どうです、泣けませんか。この類の話はいくらもあるのに、火野正平が演じると、いい味が出てくるのはなぜだろう。稀代のプレイボーイと言われた火野の子犬のように甘える姿が、母性本能をくすぐるからだろうか。今、彼はＮＨＫで味のある自転車紀行のメインキャラクターとなったが。

宗俊に侍言葉を習い、「恐悦至極」を「恐喝します」と言い間違えるくだりなど、実によくできている。そして、母と子が抱き合うラストシーンに向かうとほぼ同時に、番組のエンディングテーマが流れてくる。

そのエンディングテーマ『いつの日か人に語ろう』を歌っていたのがヒデなのだ。彼の甘い声に乗せて、抒情たっぷりのメロディーが流れてくる。

僕は深夜の再放送で、このシーンを二、三度見たが、その都度、目元が潤んできた。

ヒデとロザンナには数々のヒット曲があるが、僕がふと口ずさむのは、『愛は傷つきやすく』以外にはなかった。ヒデのソロ曲『いつの日か人に語ろう』のソフトな唱法を、『愛は傷つきやすく』の男性パートに感じるからだ。

ヒデは『河内山宗俊』後、芸能界のパージも解けて歌謡界に復帰し、小柳ルミ子らにヒット曲を提供するなどの活躍をした。

しかし、昭和が平成に変わる頃、突然、体調を崩し、医師の診断を受けたら末期の結腸ガン。ロザンナは最後までヒデに病名を告げなかったそうだ。
「(女) よみがえる日々
(男) よみがえる愛……」
二人の愛は、もう二度とよみがえることはないのだ。

3 メリージェーンと深夜放送

今、NHKの『ラジオ深夜便』が、シニアの間で密かな人気を呼んでいる。月刊誌が出ている程だから、密かなというのは適当ではないかもしれない。

何せ、毎晩一一時頃から朝の五時までの深夜放送だから、リスナーは相当な体力がいると思うのだが……僕みたいな還暦成り立ては小僧扱いだろうか。

僕も仕事休みの前日に聞くことはある。深夜三時からの「にっぽんの歌こころの歌」と四時からの「明日への言葉」コーナーが気に入っている。

ある夜というか早朝に「明日への言葉」に、寺内タケシ氏が出演した。エレキの神様・寺内氏に、番組のアンカー（番組のかじ取り役のこと）が最後に問う。

「結局、エレキギターの魅力とは、寺内さんの長いキャリアを通じて、何だとお考えになりますか」

すると、寺内氏が意外な答えをしたのだが、後から考えると、実に深い意味が込められているな、と思い当たった。

「エー、寺内、何十年とギターを弾いてきましたが、わかったことはただ一つ。ギターは弾かなきゃ音が出ない！」

僕は、今ではこれを名言だと思っています。たとえば作家に当てはめると、「作家は書かなきゃ思いが出ない」となりますか？

理屈は後からついてくる。好きなことはとことん極めろ。毎日やることにこそ意味がある。人の目は気にするな。と寺内氏に教えられた気がした。

迫力満点の「寺内タケシとブルージーンズ」のコンサートを生で見たのは、もう二〇年以上も前のことだ。

その時、僕はキャリア五〜六年の公立中学の英語教員。当日は「芸術鑑賞会」と銘打っての体育館コンサートだった。エレキと芸術鑑賞、ここまでくるのに、寺内氏は各方面や学校関係者と度重なる交渉を重ねていた。

それはそうだろう。「テケテケ」と称され、音が馬鹿でかく騒音だという理由で、大人達はエレキを不良の音楽と決めつけていたのだから。そんな中で彼は偏見や中傷を物ともせず、全国の高校を訪問し、エレキの伝導師となったのだ。

彼によると、中学で演奏するのは二、三校目とのこと。僕は中学時代にベンチャーズの洗礼を受けていたので、ステージ上で大音響と共に演奏された曲は、ほぼ全部知っていた。

『パイプライン』『ウォークドントラン』『十番街の殺人』『夜空の星』『運命』『津軽ジョンガラ節』……。

これらの曲を初めて聞いた子ども達は、その迫力に驚きもし、感動も覚えた様子だった。そして生徒達の心をグッとつかんで放さない、寺内氏のトークの巧みさに感心した。

会も終わりに近づいた頃、彼は、

「最後を『踊るポンポコリン』で締めてもつまらんな。お前達、恋してるか！　この日のために、お前達に恋の歌を作ってきたから、それを最後に歌おう」

一転してバンド演奏からアコースティックギターを持ち、一人マイクの前に椅子に座った。一連の喋りと動きの中で、会場全体をロックの乗りからしっとりと落ち着い

・・・・・・・・・・・・・・・・・・・・・・・・・・・・・・・・・・・

た大人のムードに、見事に切り換えたのだ。その歌の上手いこと、声の甘いこと、生徒達に優しく語りかけるように歌う姿に、プロの凄みを感じた。

まさに「ギターは弾かなきゃ音が出ない」を地でいっていた。二〇年以上経って、まさかラジオの深夜放送で、この格言と呼んでもいい含蓄のある言葉を、寺内氏から聞くとは思いもしなかった。

さて、『メリー・ジェーン』です。昭和四六年（一九七二）、銀座にマクドナルド一号店がオープンしたこの年、僕は大学の二年生になっていた。つのだひろが五〇万枚を売り上げたヒット曲だが、この曲を初めて聞いたのは、実はラジオの深夜放送だった。衝撃を受けました。

「カッコイイ歌だ！　一体、誰が歌っているんだろうか？　たぶん、黒人のシンガーだろう。まさかレイ・チャールズじゃないよな。R&B系の黒人歌手か……」

ビートルズが英語の先生だった僕は、洋楽全般をよく聞いていたから、ヒットチャートの常連の洋楽歌手はほとんど知っていた。英語耳もできつつあった。

「メリージェーン

オン　マイ　マインド
アイ　クライ　マイ　アイズ　アウト
オーバーユー……」

どこから聞いても絶対に洋楽で、歌い手は黒人歌手だと思っていたら、なんと日本人で、今まで聞いたこともない歌手。つのだひろって何者だ？

現代はインターネットの時代で、携帯、スマートフォン、ツイッター、ブログ等を通して、個人で簡単に情報の出し入れができるようになった。

ラジオの深夜放送で情報を交換し合って楽しむのは、今やシニア世代となっているのだろう。まさに隔世の感がする。僕が『メリー・ジェーン』を初めて耳にした当時は、深夜放送こそが、若者の情報発信と受信の場だった。

また、そこが受験生や浪人生の息抜きの場となり、各ラジオ局に人気ＤＪが登場してきた。亀渕昭信、今仁哲夫、斉藤安弘、土居まさる、古いところでは高崎一郎なんて人達が、若者のアイドルと化した。ビートたけしや中島みゆき等の深夜放送が、若者に熱狂的に受け入れられたのはかなり後で、僕はもう社会人となり、深夜の放送を聞く余裕はなくなっていた。だからほとんど聞いていない。

一九七〇年代は振り返ってみると、日本の軽音楽史上、まさに充実の時代だったと言えるだろう。古色そう然たる歌謡曲というジャンルは生き残ったものの、それを上回る様々なジャンルの楽曲が、試行錯誤を経て登場してきたのだ。

カレッジフォーク、エレキ、和製ポップス、グループサウンズ、ニューロック……。

たった一言でそれらを表すなら、「流行曲《はやりうた》」。それぞれのサイクルは短かったものの、必ず時代を画するヒット音楽になったということに尽きる。

ただ一つ注意しなければならないのは、「普通の人が自分で楽曲を作り、自分のために歌う」的な、アマチュア的な歌が多くなったことだ。

その点、つのだひろは純然たるプロである。現在でも日本有数のドラマーだが、中学時代からプロを目指して、スティックを握っている。一九六〇年代中盤からライブやジャムセッションに参加し、なんと高校在学中に本格的なジャズミュージシャンとしてデビューした。一時はナベサダこと渡辺貞夫カルテットにも参加していたとのこと。

プロとして若いながらもキャリア十分の彼が満を持して、二二歳で自ら作曲してリリースしたのが『メリー・ジェーン』だ。黒人歌手と聞き間違えるほどの歌唱力の持ち主だったのも、十分うなずける。

余談だが、彼のお兄さんは人気漫画家のつのだじろう氏。僕は氏の漫画を読んだことはないが、名前だけは聞いていた。一流の漫画家とミュージシャン。やはりアーティストの血が流れているのだろう。芸能、芸術に関する職業につき、名を成す者は生まれつきの才能の持ち主としか思えない。

ところで、僕はつのだじろう氏は、『エイトマン』の作者だとずっと思っていた。

「ファイト　ファイト　ファイト
ファイト　ファイト
エイトマン　エイトマン
光る海　光る大空　光る大地……」

のエイトマンだ。丸美屋のふりかけ、覚えていますか？　僕はスポンサーの一つ、丸美屋のふりかけ・のりたまをこれで知り、今もご飯の供として愛用している。

なぜ、作者を間違えてしまったのか。本当の作画は桑田次郎氏だった。そう、同じ「じろう」だったからだ。人間の記憶なんて、実に主観的なものだ、と痛感した。

僕は英語教師となったが、冗談ではなく『メリー・ジェーン』を聞いたことが、その動機の一つと言えるのだ。英語の歌詞をラジオで必死に聞きとり、ノートに書き写した。そのノートを見ながら、深夜放送で曲が流れてくると歌うんです。言ってみればライブですよ、これは。ちょっと油断すると、歌が先を行ってしまうから、ノートの歌詞を指で押さえながら必死で歌った。いつか、この曲を生徒達に教えたい、と本気で思うようになった。誰にでもあるじゃないですか。いいものは誰かに教えたいという欲求が。

結局、英語教師になり、中学生に『メリー・ジェーン』を一、二度教えたが、教え子達はみんなキョトンとしていたっけ。当たり前ですよね。今にして思えば、この歌やその時代背景、つまり、ベトナム戦争で深く傷ついた若きアメリカ兵士の苦悩など、何も知らないのですから。

教えるに当たっては、カセットを買った。カセットも今ではレトロな商品となり、いずれ販売も中止になりそうだ。何度も何度も聴き返し、完全につのだひろの唱法をコピーした。英語の歌を物にする自分なりのノウハウを、この時、手に入れた。

ある夜、練習のつもりでカラオケパブで歌おうとしたら、店のお姉さんに、

「今はやめて。お願いだから看板までガマンしてよ。この歌、昔のキャバレーの閉店ソングなんだから」

と言われてしまった。でも、受けること間違いなし、お試しあれ。

4 廃屋山小舎と心の旅

「ああだから今夜だけは
君を抱いていたい
ああ明日の今頃は
僕は汽車の中……」

意外にも、このチューリップの『心の旅』は、僕が入浴中、もっとも口ずさむことが多い歌なのだ。特にチューリップや財津和夫が好きというわけではないのだが……。

どうしてだろうと、色々考えてみた末、サビの部分のリズムが、僕の音楽的体質にピッタリ合っているからだろう、という結論に達した。

「ああだから今夜だけは」のリフレインが、心に刺さって離れないのだ。また、歌った時のシチュエーションも、くっきりと甦ってくる。

ヒットした昭和四八年（一九七三）の確か年の瀬に、大学のサークル男女数人で、長野県の小海にある山小舎に一泊二日の旅をした。山小舎と言っても、ほとんど廃屋同然だったが。僕達のサークルはＹＨＣＩユースホステリング・クラブ。部員はけっこう多く百人前後はいたと思う。

普段は月に一回程度、男女混合七、八人のグループ毎で、ユースを使った小旅行をしていた。それぞれのグループにはチーフと呼ばれるリーダーがいて、各リーダーの個性によって、グループの旅の特色が出ていた。何と言っても安さが魅力で、会員になると、当時は一泊二食でも、一〇〇〇円はとられなかったはず。現在はさすがに素泊まりで三〇〇〇円、二食付けると四五〇〇円前後になっている。

僕もこの年リーダーとなり、その上、部長にもなった。この廃屋同然の山小舎は、過疎集落の遺物と化していたものを、サークルの初代のＯＢ達が、村人達から管理・維持することを条件に、ただ同然で譲り受けたものだ。部長として初めて、恒例の年の暮れの大掃除を兼ねての山行だった。

この頃、ＮＨＫテレビで『太陽の丘』という森繁久彌主演のユースホステルを舞台にしたドラマが、ちょっとしたブームになった。森繁演じるペアレントとその一家

・・

が、訪れる若いホステラー達と織り成すドラマが人気を呼んだのだ。その時々の時事問題を巧みに織り込み、若者達が成長していくといったパターンが多かった。しかし、僕は森繁の説教臭いドラマ仕立てには、あまり共感を覚えなかった。

ところで、資料の共演者の欄に久慈あさみを見つけた時には感無量となった。森繁の妻役だったことは全く覚えていなかったから。二人が醸し出した「社長シリーズ」の夫婦役の滋味は、今でもケーブルテレビ等で楽しめる。僕も地元のCAテレビで、この東宝喜劇の黄金期のシリーズを繰り返し見ている。何度見ても飽きない。

特に、三木のり平演ずる営業部長の「社長、今夜は新橋、赤坂、神楽坂のきれいどころを総上げして、パーッとパーッとやりましょう」というシーンは、見る度に涙を流さんばかりに笑ってしまう。後年、この営業部長役を故藤岡重慶が演じたこともあるが、のり平のようにパーッとはいかなかった。もう一人の当たり役は、小林桂樹演じる秘書課長。こちらも、シリーズ最後の方で黒沢年男が演《や》ったが、やはり無理だった。

久慈あさみ演じる奥さんに浮気がバレ、森繁が戦々恐々としているそばで、小林桂樹がその始末に汗をかく姿が目に浮かんでくる。そんな好色でも社長業には手を抜かぬ森繁が、突如としてＮＨＫの青少年教育番組のようなドラマに出てきたのだ。オンエアされたのは、山小舎小旅行より少し前、いやもう少し前の高一の頃だったかもしれない。

さて、山小舎は僕達サークルの宝物で、年二度ほど合宿で使っていたが、老朽化はいかんともしがたく、卒業後数年して手放さざるを得なくなった。僕はＯＢ会長に祭り上げられていたので、本当ならこの山小舎の清算事務を、小海町の役場とする任にあった。しかし、結局、その面倒な折衝を後輩のＯＢに押しつけてしまった。新宿から夜行で小渕沢まで行き、小海線に乗り換え、小海で下車。そこから朝靄の中をひたすら歩き、山小舎に辿り着くと、もう少しでお昼。今ではこれだけ長い旅程はこなせない。ＯＢ会長として、山小舎を若い人達のために残す努力を怠ったことを、今では深く恥じている。

年の暮れの一夜、「もう卒業か」と山小舎で少し感傷的になったからか、呑んでい

ても、みんなしんみりとなった。ところが誰彼となく、

「旅立つ僕の心を　知っていたのか
遠く離れてしまえば　愛は終わるといった」

と合唱し出したら、にわかに盛り上がり止まらなくなったのだ。僕達はこの歌をラブソングとしてではなく、どうやら「別れの歌」としてとらえていたようだ。

不思議なのは、この曲以外チューリップのヒットソングは心に残っていないこと。この一曲だけが、心に深く突き刺さって離れない。もちろん、財津の輝かしい一連のヒット曲は知っている。彼が音楽シーンのみならず、多方面で活躍しているのも承知している。少し調べて驚いたのは、ソロデビュー後に出した曲が、NHKの『みんなの歌』に採用されていたことだ。その『切手のないおくりもの』は、小学校唱歌となったことを、僕は全く知らなかった。今や財津和夫は、ニューミュージックの旗手としてだけでは語れない存在となっている。

ところで、このニューミュージックというジャンルが、もう一つよくわからない。音楽史によると、吉田拓郎、井上陽水、小室等、泉谷しげる等が、フォーライフレ

コードを設立したのが一九七五年。昭和五〇年頃の若者の都会的なセンスと、その日常を歌詞に織り込んだ楽曲が、ニューミュージックと呼ばれるようになったとのこと。荒井（松任谷）由美が「私は四畳半フォークではなく、リッチなフィクションを作る」と、自分の楽曲をニューミュージックと名付けたという説もある。ファッショナブルでリッチな彼女の曲作りに魅せられて、続々とニューミュージック系の女性シンガーが登場した。『なごり雪』のイルカ、『どうぞこのまま』の丸山圭子、『思い出まくら』の小坂恭子、『オリビアを聴きながら』の尾崎亜美等である。それまでの歌謡曲には見られなかった題名からも、ニューミュージックと言えそうだ。

ニューミュージックが歌謡界にもたらしたものは「作り手が自分のために作った曲を発売」しても、十分ヒットする可能性を示したことだろう。アマチュアとプロの境目が限りなくあいまいになってきた。

財津の書く詞も一種の私小説的な要素があり、それが同世代に受け入れられた面がある。リスナーの世代差が加速化し、若者が好む楽曲中心にマーケットが整備されていった。

しかし、僕が『心の旅』を聞いて感じるのは、「まさに歌謡曲」だ、ということだ。詞や曲がリズムがどんなに現代風にアレンジされても、全体の調子やメロディーは、僕の体にしみついた歌謡曲そのものである。

敗戦直後はポピュラーミュージックとかポップスという呼び名はなく、その手の音楽は「軽音楽」と言われ、なんと東海林太郎の『野崎小唄』なども、軽音楽と称されていた。

財津は僕より少し年上だが、彼も僕達のようにビートルズに憧れ、独学でギターを学び、バンドを結成した。ビートルズは世界の音楽シーンを塗り変えた革命児だが、日本には元々、軽音楽が歌謡曲として存在していたのだ。財津の音楽的資質の中に、やはり歌謡曲の旋律が根ざしているのは疑いようもないだろう。

その証拠に、彼が楽曲提供した松田聖子の大ヒット曲などはポップスでもニューミュージックでもアイドル歌謡でもなく、まさしく歌謡曲そのものではありませんか。流行歌と言ってもいいだろう。

時がどんなに流れ過ぎても、歌謡曲・流行歌こそが、その時代をクッキリと映す鏡となるのだ。かつて詩人の故サトウハチロー氏が「流行歌は大衆の吐息であり、ちまたの音楽である」と、歌謡曲を定義した。

「いつもいつの時でも
僕は忘れはしない
愛に終わりがあって
心の旅が始まる」

この歌のおかげで、いつでも心の旅に出かけられることを、僕はチューリップに深く感謝している。この歌を合唱した山小舍にも感謝の念を抱いている。

その思いが山小舍のあった信州への旅となって、最近現われたのかもしれない。何十年かぶりに、新宿から〈特急あずさ〉に乗り、甥夫婦が東京から数年前に移り住んだ安曇野を訪れた。故黒沢明が映画のロケ地として選んだ水車小屋のある安曇野だ。「日本の原風景が安曇野にはある」と言われている。

甥の車で穂高神社、大ワサビ田や松本市内の旧開智学校跡などを見て回り、一泊二

・・・

日の旅の終わりに、松本駅近くの感じのいい喫茶店でコーヒーを飲み、甥と別れた。帰りの〈あずさ〉まで少し間があり、街を散策していると、常年岳を真正面に見据える絶景ポイントに出くわした。穏やかな陽光の中に輝く常念を見ていたら、ふと、

「ああだから今夜だけは
君を抱いていたい
ああ明日の今頃は……」

と口ずさみ、やがて僕も「汽車の中」の人となった。

5　元祖ビジュアル系と9条賛歌

あのジュリーこと沢田研二が、憲法9条賛歌の『我が窮状』を歌っていることを知ったのは、つい最近だ。ジュリーと言えば、ビジュアル系のアイドル歌手の元祖だから、隔世の感を強くした。

彼は外見と違い硬派で、全盛時に新幹線ホームで駅員に頭突きを食らわしたり、新幹線車中で乗客ともめて殴りつけ、謹慎事件を起こすなどのトラブルメーカーでもあった。

人のことは言えないが、そんな沢田もすっかり太めになり、昔日の面影が少し薄くなった。しかし、本人は全く意に介さず、「歌がすべて」と、今でもライブを精力的にこなし、とても六〇を過ぎたとは思えない。

沢田研二がザ・タイガースのメインボーカルとしてデビューしたのは、昭和四二年（一九六七）で僕は高一。それから六年後の『危険なふたり』は六五万枚のヒットとなり、ソロ後の初のオリコン一位を獲得した。

「今日まで二人は　恋という名の
旅をしていたと　言えるあなたは
年上の人　美し過ぎる
ああそれでも　愛しているのに」

アップテンポの乗りのいいリズムで、この曲をバックに、僕は大学卒業間近のコンパで呑みまくり歌いまくり踊りまくった。今でも、ゴーゴーダンス（古いなぁー）に、これほど合う楽曲は自分にはないなあ〜。

僕が就職を決められず、将来に漠然とした不安を抱え、いくらか悶々としていた頃だ。ハッキリ言って、ジュリーはそれほど好きではなく、むしろ嫉妬していた。勝手に妬んでいたのです。

受けたスポーツ新聞、日刊、スポニチ、報知の就職試験にすべて落ち、親父さんは脳出血で倒れる。来年、またスポーツ新聞を受けるか、それまではバイトで……。

「なぜ、ジュリーだけがもてる。大して歌がうまいわけじゃなし、顔の化粧も気色悪いじゃないか」

それほど、この当時の沢田の人気はすさまじく、それこそ『年上の人』加賀まり子等が、こぞってジュリーの虜になっていた。結局、沢田は渡辺プロの伝説的双子デュオのザ・ピーナッツの伊藤エミと結婚し、後に別れて田中裕子と結ばれている。残念ながら伊藤エミは最近亡くなったが、最後まで沢田姓を通し、ジュリーを愛し続けていた、と言われている。

ジュリーは京都で一七歳ぐらいの時からジャズ喫茶で歌っていて、スカウトされ、上京した。『僕のマリー』でデビューすると、端正な美貌で一〇代の少女達を夢中にさせたが、年上の女性芸能人からも熱い視線を浴びせられた。

時はまさにGS（グループサウンズ）の黄金期。タイガースと人気を二分する萩原健一のテンプターズ、ちょっと年上のスパイダースに、ジャッキー吉川とブルーコメッツ。赤松愛のオックスは、ファンの女の子達の失神騒ぎで有名になった。ちょっと渋目のジャガーズもいた。

しかし、一九七〇年代に入るとGSブームは一気に冷め、カレッジフォークや和製

・・・

ポップスが台頭してきた。ただ、ＧＳが歌謡界に残したものはブームが去っても、色あせることはないだろう。つまり歌謡曲の世界に、エレキギターを中心とした電気楽器編成のバンドで演奏するスタイルを確立した点だ。もっとも、これはすべてビートルズの出現によるものなのだが……。

ジュリーはジュリーとしてあり続けたが、少しずつトレンドに合わせ、音楽スタイルを変えていった。『勝手にしやがれ』などのど派手な衣装とパフォーマンスを駆使した歌唱スタイルを築いた。そしてバックに優秀なブレーンがついていたことも見逃せない。それは従来の家内制工業的なレコード会社お抱えの作詞・作曲家等によるビジネスから、多くの人間がフリーの立場で、一人の歌手に関わる総合プロデュース産業への転換を意味していた。

沢田の場合は関わったバックの陣容が、超一流の人材ばかりだった。作詞家の阿久悠、演出家の久世光彦、音楽プロデューサーの加瀬邦彦等だ。

正直言って、時流に媚びるだけの楽曲作りには反発を覚える。ジュリーもボルサリーノのソフト帽を投げ飛ばしたり、ウィスキーをプゥーと吐き出したり、大型のパラシュートを背中にかついだり、色々とやった。そういうアクション歌謡は、歌以外のビジュアル面に意識が向くので、肝心の歌の印象が薄れるという致命的な欠陥を抱えている。その証拠に現在発売されている一九七〇～一九八〇年代のヒット曲アンソロジーに、ジュリーの曲はほとんど入っていない。沢田の曲はピンク・レディーのそれのように、熟年世代が歌に合わせて、振りをなぞることもしづらいだろう。男女の違いと言ってしまえば、それまでだが。

僕の甥が幼い頃、

「片手にピチュトル　心に花チャバ
口ビチに　火のチャケを……」

などと、可愛い振り付け入りで歌っていた。まさかこれを僕達がカラオケで、できるはずもない。

『危険なふたり』は、ジュリーがまだ過激なパフォーマンス唱法を取り入れる前の楽曲で、軽快なリズムに乗って案外、歌いやすい。

あの夜のことは、よく覚えている。大学の卒業も間近に迫った一夜、僕達男女十数

・・・

人は、五反田のとあるスナックに集った。カラオケ普及前のジュークボックス時代の一夜だった。ジュークボックスは、確か一曲百円。さすがにハッキリとは覚えていないが。

当時、大学生が気軽にパーティーをやれる場所は今ほど多くはなかった。居酒屋もあったが、それよりももつ焼き屋で安く呑むのが普通で、目黒駅周辺にもたくさんあった。サークルのコンパも、その手の店でやっていた。

コンパと言えば、洋酒のカクテルを安く呑ませる「コンパ」が全盛だった。今はチューハイカクテル花盛りだが、当時は焼酎を炭酸で割って呑む酒文化は一般化しておらず、だから僕達世代は辛うじて洋酒カクテルを知っているわけだ。決して本格的なカクテルではありませんよ。

店内に大きなバーカウンターがあり、一応、蝶ネクタイに黒のチョッキ姿の若いバーテンダーが、カウンターの向こうにたくさん入っていた。作りますのはジンライム、ジントニック、マティーニ、モスコーミュール、スクリュードライバー……。そんなカクテルをここで覚えた。出てきますおつまみは、オニオンスライスにイカリングなどの安直なものが大半だったが、冷凍物は使ってなかったのでは？　キスチョコなんかもウィスキーによく合うことも知った。

しかし、このコンパ（コンパニオンcompanion：仲間）では、呑んで踊って食べてのパーティーはまずやれない。それでも誰もが一軒くらいは馴染みのスナックを持っていた。またそういう店には、金をあまり持っていない学生に親切にしてくれるマスターがいたものだ。不思議とママではなく、マスターでしたね。

僕達の卒業記念パーティーも、学友の一人がそんなスナックを五反田に予約してくれてやった。もちろん、ジュークボックスを置いている店だ。とりとめのない話をして、一杯呑んで興が乗ってきたところで、一人ずつ好みの曲を入れ始めた。

確か僕と同じ英文科の女子が『危険なふたり』を入れたと思う。

「きれいな顔には　恋に疲れた
虚ろな瞳が　また似合うけど
何で世間を　あなたは気にする
ああ聞きたい　本当の事を」

・・

みんな髪を振り乱して、狂ったように踊りまくった。当夜の参加者の多くは就職が決まり、東京を去る者、故郷に帰る者で、ひょっとすると、もう二度と会えないかもしれない……。その思いが僕達をより一層熱くさせたのかもしれない。

「これで最後だ。四年間、目一杯楽しんだじゃないか！　これからはもう社会人か……。学生はよかったなぁー」

と言っても、僕は就職が決まっていなかったのだが、気ままな生活に区切りをつけて、自分も皆と同じように社会人にならなくては、という気持ちが強くなっていた。

キャンパスのトイレからトレペが消え去る。物価の異常な高騰、浅間山荘に、三島事件。戦後初めての国民総生産のマイナス成長。石油危機でトレペだけでなく、テレビの深夜放送も打ち切られる。田中角栄の今太閤ブームも金銭スキャンダルにまみれ、アッという間に総理の座を追われる。

何かが変わる、という予感めいたものが、少しずつ自分達を包んでいた。

そんな時代のうねりの中で、ジュリーは巧みに歌唱スタイルをパフォーマンス化させ、時流をしっかり掴んでいた。しかし、ブレーンの筋書き通りに厚化粧をし歌う姿に、どこか痛々しさを感じてもいた。
「僕には出来ない　まだ愛してる
あなたは大人の　振りをしても
別れるつもり……」
と、シンプルに歌うジュリーの方が僕は好きだ。
タイガースのオリジナルメンバーで、同窓会コンサートで、沢田が歌う『我が窮状』を、一度じっくり聞いてみたいものだ。

おわりに

よく「新聞は刺し身で、週刊誌は一夜干し、月刊誌は干物」と言われる。それからすると、自分は「干物」志向のようだ。

ニュースよりも、それが起きた背景の方により興味がわくのである。平成の出来事よりも昭和の出来事の方が、執筆意欲をかき立てられるのはそのせいだろう。

どうしてかと問われれば単純明快。昭和時代に精神形成をしたから、としか言いようがない。たとえば、スポーツ、芸能、流行歌、文学……どれをとっても平成のそれらは、自分の血となり肉になっていない。だからといって、平成のそれらが嫌いだ、というのではない。

要するに、どうしても比較してしまうのだ。あまりそれにこだわると、アナクロニズムの権化になってしまう愚かさもよく承知している。

しかし、物を書くということは、結局、自分を語ることだから、自分が語りたいことを習作していくしかないのだろう。今回も、干物になるまで十分寝かせておいた事柄から、様々な新しい発見をすることができた。

特に、川上―長嶋の隠れた宿命的な師弟の絆を発見できたのが嬉しかった。

昭和は終わってしまうかもと自信を失い、少し弱気になっていた時の、高倉健さんの死はこたえた。『昭和は終わらない』（前著）の中で「僕の昭和残侠伝」を書いておいて、本当に良かった。

いつもの如く、出版までの諸々を文芸社各位の手厚いお世話を頂き、感謝にたえない。

「完成品ではなく、習作を発表するのか」のお叱りは、すべて私がお受けする。

二〇一五年初春

著者プロフィール
網代 栄（あみしろ さかえ）
東京都北区小豆沢生まれ
さいたま市在住
さいたま市立中学校初任者指導教員
現在、アメリカテレビドラマ史と英語教育改革異論を草稿
趣味で赤羽、池袋、新宿、上野の昼酒処を探訪中
既刊書に『五輪私語り』（2013年９月）『昭和は終わらない』（2014年５月、共に文芸社刊）がある

青き習作時代

2015年３月15日 初版第１刷発行

著 者 網代 栄
発行者 瓜谷 綱延
発行所 株式会社文芸社
〒160-0022 東京都新宿区新宿１－10－１
電話 03-5369-3060（編集）
03-5369-2299（販売）

印刷所 株式会社エーヴィスシステムズ

ISBN978-4-286-15986-7 JASRAC 出 1500124 － 501